PIÈCES

RELATIVES

A BÉLISAIRE.

PIECES
RELATIVES
A BÉLISAIRE.

PIECES RELATIVES A BÉLISAIRE.

PREMIER CAHIER.

A AMSTERDAM.

M. DCC. LXVII.

ANECDOTE
SUR
BÉLISAIRE (*)

JE vous connais ; vous êtes un ſcélérat. Vous voudriez que tous les hommes aimaſſent un Dieu Père de tous les hommes. Vous vous êtes imaginé ſur la parole de St. Ambroiſe qu'un jeune Valentinien qui n'avait pas été baptiſé n'en avait pas moins été ſauvé. Vous avez eu l'inſolence de croire avec St. Jerome que pluſieurs payens ont vécu ſaintement. Il eſt vrai que tout damné que vous êtes, vous n'avez pas oſé aller ſi loin que St. Jean Chriſoſtôme, qui dans une de ſes homélies, (*a*) dit que les préceptes de Jeſus-Chriſt ſont ſi legers que pluſieurs ont été au-delà par la ſeule raiſon. *Præcepta ejus adeò levia ſunt ut multi philoſophica tantum ratione excesſerint.*

Vous avez même attiré à vous St. Auguſtin ſans ſonger combien de fois il s'eſt rétracté. On voit bien que vous êtes de ſon avis quand il dit ; (*b*) *depuis le com-*

(*) Par l'Abbé Mauduit qui prie qu'on ne le nomme pas.

(*a*) III. Homélie ſur la I. Epitre de St. Paul aux Corithiens.

(*b*) Dans ſa 49. Epitre à *Deogratias*.

mencement du genre humain tous ceux qui ont cru en un ſeul Dieu, & qui ont entendu ſa voix ſelon leur pouvoir, qui ont vécu avec piété & juſtice ſelon ſes préceptes en quelque endroit & en quelque tems qu'ils ayent vécu, ils ont été ſans doute ſauvés par lui.

Mais ce qu'il y a de pis, Déïſte & Athée que vous êtes, c'eſt qu'il ſemble que vous ayez copié mot pour mot St. Paul dans ſon Epitre aux Romains; (*a*) *gloire, honneur & gloire à quiconque fait le bien; premiérement aux Juifs, & puis aux Gentils; car lorſque les Gentils qui n'ont point la loi, font naturellement ce que la loi commande, n'ayant point notre loi, ils ſont leur loi à eux-mêmes.* Et après ces paroles, il reproche aux Juifs de Rome, l'uſure, l'adultère & le ſacrilège.

Enfin, déteſtable enfant de Bélial, vous avez oſé prononcer de vous-même ces paroles impies ſous le nom de Béliſaire, *ce qui m'attache le plus à ma religion, c'eſt qu'elle me rend meilleur & plus humain. S'il fallait qu'elle me rendit farouche, dur & impitoyable, je l'abandonnerais & je dirais à Dieu, dans la fatale alternative d'être incrédule ou méchant; je fais le choix qui t'offenſe le moins.* J'ai vu d'indignes femmes de bien, des militaires trop inſtruits, de vils magiſtrats qui ne connaiſſent que l'é-

(*a*) Chap. 2.

quité, des gens de lettres malheureuſement plus remplis de goût & de ſentiment que de théologie, admirer avec attendriſſement ces ſottes paroles & tout ce qui les ſuit.

Malheureux ! vous apprendrez ce que c'eſt que de choquer l'opinion des licentiés de ma licence ; vous & tous vos damnés de philoſophes vous voudriez bien que Confucius & Socrate ne fuſſent pas éternellement en enfer ; vous ſeriez fachés que le Primat d'Angleterre ne fût pas ſauvé auſſi-bien que le Primat des Gaules. Cette impiété mérite une punition exemplaire. Apprenez votre catéchiſme. Sachez que nous damnons tout le monde quand nous ſommes ſur les bancs ; c'eſt-là notre plaiſir. Nous comptons environ deux milliards d'habitants ſur la terre. A trois générations par ſiècle, cela fait environ ſix miliards ; & en ne comptant ſeulement que depuis quatre mille années, le calcul nous donne 240 milliards de damnés, ſans compter tout ce qui l'a été auparavant & tout ce qui doit l'être après. Il eſt vrai que ſur ces 240 milliards il faut ôter deux ou trois mille élus qui ſont le beau petit nombre : mais c'eſt une bagatelle : & il eſt bien doux de pouvoir ſe dire en ſortant de table, mes amis, réjouiſſons-nous, nous avons au moins 240 milliards de nos frères dont les ames toutes ſpirituelles ſont pour jamais à la broche, en attendant qu'on retrouve leurs corps pour les faire rôtir avec elles.

Apprenez, Monſieur le Réprouvé, que votre grand Henri IV. que vous aimez tant, eſt damné pour avoir fait tout le bien dont il fut capable, & que Ravaillac purgé par le ſacrement de pénitence, jouit de la gloire éternelle ; voilà la vraye religion. Où eſt le temps où je vous aurais fait cuire avec Jean Hus & Jerome de Prague, avec Arnaud de Breſſe, avec le Conſeiller du Bourg & avec tous les infames qui n'étaient pas de notre avis dans ces ſiècles du bons ſens où nous étions les maîtres de l'opinion des hommes, de leur bourſe & quelquefois de leur vie ?

Qui proferait ces douces paroles ? c'était un moine ſortant de ſa licence ; à qui les addreſſait-il ? c'était à un Académicen de la première Académie de France. Cette ſcène ſe paſſait chez un Magiſtat homme de lettres que le Licentié était venu ſolliciter pour un procès dans lequel il était accuſé de ſimonie, Et dans quel temps ſe tenait cette conférence à laquelle j'aſſiſtai ? c'était après boire ; car nous avions dîné avec le magiſtrat ; & le moine avec les valets de chambre ; & le moine était fort échauffé.

Mon révérend Père, lui dit l'Académicien, pardonnez-moi, je ſuis un homme du monde qui n'ai jamais lû les ouvrages de vos docteurs. J'ai fait parler un vieux ſoldat Romain comme aurait parlé notre Duguesclin, nôtre Chevalier Bayard ou notre Turenne. Vous ſavez qu'à nous autres gens du ſiècle, il nous échappe bien des ſottiſes; mais vous les corrigez; & un mot d'un ſeul de vos bacheliers répare toutes nos fautes. Mais comme Béliſaire n'a pas dit un ſeul mot du bénéfice que vous demandez, & qu'il n'a point ſollicité contre vous, j'eſpère que vous vous appaiſerez, & que vous voudrez bien pardoner à un pauvre ignorant qui a fait le mal ſans malice.

A d'autres, dit le moine, vous êtes une troupe de coquins qui ne ceſſez de prêcher la bienfaiſance, la douceur, l'indulgence, & qui pouſſez la méchanceté juſqu'à vouloir que Dieu ſoit bon. En vérité nous ne vous paſſerons pas vos petites conſpirations. Vous avez à faire au révérend père Ha..., à l'abbé Din.... & à moi, & nous verrons comment vous vous en tirerez. Nous ſavons bien que dans le ſiécle où la raiſon que nous avions par-tout proſcrite, commençait à renaître dans nos climats ſeptentrionaux, ce fut Eraſme qui était tenté de dire *Sancte Socrates, ora pro nobis*, Eraſme à qui on éleva une ſtatue. Le Vayer le précepteur de Monſieur & même de Louis XIV. recueillit tous ces blaſphêmes dans ſon livre de la vertu des Payens. Il eût l'inſolence d'imprimer que des marauts tels que Confucius, Socrate, Caton, Epictète, Titus, Trajan, les Antonins, Julien, avaient fait quelques actions vertueuſes. Nous ne pûmes le bruler ni lui ni ſon livre, parce qu'il était Conſeiller d'état. Mais vous qui n'êtes qu'Académicien, je vous réponds que vous ne ſerez pas épargné.

Le magiſtrat prit alors la parole & demanda grace pour le coupable. Point de grace, dit le moine, l'écriture le défend. *Orabat ſceleſtus ille veniam quam non erat conſecuturus.* Le ſcélérat demandait un pardon qu'il ne devait pas obtenir. *Oportet aliquem mori pro populo.* Toute l'Aadémie penſe comme lui, il faut qu'il ſoit puni avec l'Académie.

Ah ! frère Triboulet, dit le magiſtrat, (car Triboulet, eſt le nom du Docteur) ce que vous avancez - là eſt bien chrétien : mais n'eſt pas tout - à - fait juſte. Voudriez-vous que la Sorbonne entiére répondit pour vous, comme le Père Bauni ſe rendait plege pour la bonne mère & comme toute la ſociété de Jéſu était plege pour le Père Bauni ? Il ne faut jamais accuſer un corps des erreurs des particuliers. Voudriez-vous abolir aujourd'hui la Sorbonne, parce qu'un grand nombre de ſes membres adhérerent au plaidoyer du docteur Jean-Petit Cordelier en faveur de l'aſſaſſinat du Duc d'Orléans ; parce que trente - ſix Docteurs de Sorbonne avec frère Martin inquiſiteur pour la foi, condamnerent la Pucelle d'Orléans à être brûlée vive pour avoir ſecouru ſon Roi & ſa Partie ; parce que ſoixante & onze docteurs de Sorbonne déclarerent Henri III. déchu du trône : parce que quatre-vingt docteurs excommunierent au premier Novembre 1592. les bourgeois de Paris qui avaient oſé préſenter requête pour l'admiſſion de Henri IV. dans ſa capitale & qu'ils défendirent qu'on priât Dieu pour ce *mauvais Prince*. Voudriez-vous, frère Triboulet, être puni aujourd'hui du crime de vos peres ? L'ame de quelqu'un de ces ſages maîtres a-t-elle paſſé dans la votre *per modum traducis* ? Un peu d'équité, frère. Si vous êtes coupable de ſimonie, comme votre partie adverſe vous en accuſe, la Cour vous fera mettre au Pilori : mais vous y ſerez ſeul, & les moines de votre couvent (puiſqu'il y a encore des moines) ne ſeront pas condamnés avec vous. Chacun répond de ſes faits. Et comme l'a dit un certain philoſophe, il ne faut pas purger les petits-fils pour la maladie de leur grand-pere. Chacun pour ſoi, & Dieu pour tous. Il n'y a que le loup qui diſe à l'agneau ; ſi ce n'eſt toi, c'eſt donc ton frere.

Allez, reſpectez l'Académie compoſée des premiers hommes de l'état & de la littérature. Laiſſez Béliſaire parler en brave ſoldat & en bon citoyen, n'inſultez point un excellent écrivain ; continuez à faire de mauvais livres, & laiſſez-nous lire les bons. Frere Triboulet ſorti, la queue entre les jambes ; & ſon adverſaire reſta la tête haute.

Quand le magiſtrat & le philoſophe, ou plutôt quand les deux philoſophes purent parler en liberté. N'admirez-vous pas ce moine ? dit le magiſtrat : il y a quelques jours qu'il était entierement de votre avis. Savez-vous pourquoi il a ſi cruellement changé ? c'eſt qu'il eſt bleſſé de votre répution. Hélas ! dit l'homme de lettres, tout le monde penſe comme moi dans le fond de ſon cœur, & je n'ai fait que développer l'opinion générale. Il y a des pays où perſonne n'oſe établir publiquement ce que tout le monde penſe en ſecret. Il y en a d'autres où le ſecret n'eſt plus gardé. L'auguſte Impératrice de Ruſſie vient d'établir la tolérance dans deux mille lieues de pays. Elle a écrit de ſa propre main, *malheur aux perſécuteurs*. Elle a fait grace à l'Evêque de Rouſtou, condamné par le Sinode pour avoir ſoutenu l'opinion des deux Puiſſances, & pour n'avoir pas ſçu que l'autorité eccléſiaſtique n'eſt qu'une autorité de perſuaſion ; que c'eſt la puiſſance de la vérité & non la puiſſance de la force. Elle permet qu'on liſe les lettres qu'elle a écrites ſur ce ſujet important. Comme les choſes changent ſelon le temps ! dit le Magiſtrat : conformons nous au temps, dit l'homme de lettres.

SECONDE ANECDOTE

SUR

BELISAIRE.

FRère Triboulet, de l'ordre de frère Montepulciano, de frère Jacques Clément, de frère Ridicous (*a*) &c. &c. &c. & de plus Docteur de Sorbonne chargé de rédiger la censure de la fille aînée du Roi, appellée le Concile perpétuel des Gaules, contre Belisaire, s'en retournait à son couvent tout pensif. Il rencontra dans la rue des maçons la petite Fanchon dont il est le directeur, fille du cabaretier qui a l'honneur de fournir du vin pour le *prima mensis* de Messieurs les maître.

Le pere de Fanchon est un peu théologien, comme le sont tous les cabaretiers du quartier de la Sorbonne. Fanchon est jolie, & frere Triboulet entra.... pour ... boire un coup.

(*) Consultez les mémoires de l'Etoile, & vous verrez ce qui arriva en place de Gréve à ce pauvre frère Ridicous.

Quand Triboulet eut bien bu, il se mit à feuilleter les livres d'un habitué de paroisse, frère du cabaretier, homme curieux, qui posséde une bibliothéque assez bien fournie.

Il consulta tous les passages par lesquels on prouve évidemment que tous ceux qui n'avaient pas demeuré dans le quartier de la Sorbonne, comme par exemple les Chinois, les Indiens, les Scithes, les Grecs, les Romains, les Germains, les Africains, les Américains, les blancs, les noirs, les jaunes, les rouges, les têtes à laine, les têtes à cheveux; les mentons barbus, les mentons imberbes, étaient tous damnés sans miséricorde, comme cela est juste, & qu'il n'y a qu'une ame atroce & abominable qui puisse jamais penser que Dieu ait pu avoir pitié d'un seul de ces bonnes gens.

Il compilait, compilait, compilait, quoique ce ne soit plus la mode de compiler, & Fanchon lui donnait de temps en temps de petits soufflets sur ses grosses joues; & frere Triboulet écrivait; & Fanchon chantait; lorsqu'ils entendirent dans la rue la voix du Docteur Tamponet, & de frère Bonhomme Cordelier à la grande manche qui argumentaient vivement l'un contre l'autre, & qui ameutaient les passants, Fanchon mit la tête à la fenêtre, elle est fort connue de ces deux docteurs, & ils entrerent aussi .... pour ... boire.

Pourquoi faisiez-vous tant de bruit dans la rue ? dit Fanchon. C'est que nous ne sommes pas d'accord, dit frère Bonhomme. Est-ce que vous avez jamais été d'acord en Sorbonne ? dit Fanchon. Non , dit Tamponet , mais nous donnons toujours des Décrets ; & nous fixons à la pluralité des voix ce que l'Univers doit penser. Et si l'Univers s'en moque , ou n'en sçait rien ? dit Fanchon. Tant pis pour l'Univers , dit Tamponet. Mais de quoi diable vous mêlez - vous ? dit Fanchon. Comment , ma petite ! dit frere Triboulet , il s'agit de savoir si le cabaretier qui logeait dans ta maison il y a deux mille ans a pu être sauvé ou non. Cela ne me fait rien , dit Fanchon ; ni à moi non plus , dit Tamponet ; mais certainement nous donnerons un Décret.

Frère Triboulet lut alors tous les passages qui appuyaient l'opinion , que Dieu n'a jamais pu faire grace qu'à ceux qui ont pris leurs degrés en Sorbonne , ou à ceux qui pensaient comme s'ils avaient pris leurs degrés ; & Fanchon riait , & frere Triboulet la laissait rire. Tamponet était entiérement de l'avis du Jacobin ; mais le Cordelier Bonhomme était un peu plus indulgent. Il pensait que Dieu pouvait à toute force faire grace à un homme de bien qui aurait le malheur d'ignorer nôte théologie , soit en lui dépêchant un ange , soit en lui envoyant un Cordelier pour l'inſtruire.

Cela eſt impoſſible, s'écria Triboulet; car tous les grands hommes de l'antiquité étoient des paillards. Dieu aurait pu, je l'avoue, leur envoyer des Cordeliers; mais certainement il ne leur aurait jamais député des Anges.

Et pour vous prouver, frère Bonhomme, par vos propres docteurs, que tous les héros de l'antiquité ſont damnés ſans exception, liſez ce qu'un de vos plus grands docteurs Seraphiques déclare expreſſément dans un livre que Mademoiſelle Fanchon m'a prêté : voici les paroles de l'auteur.

Le Cordelier plein d'une ſainte horreur,
Baiſe à genoux l'ergot de ſon ſeigneur ;
Puis d'un air morne il jette au loin la vue
Sur cette vaſte & brulante étendue,
Séjour de feu qu'habitent pour jamais
L'affreuſe mort, les tourmens, les forfaits ;
Trône éternel où ſied l'eſprit immonde,
Abîme immenſe où s'engloutit le monde ;
Sépulcre où gît la docte antiquité,
Eſprit, amour, ſavoir, grace, beauté,
Et cette foule immortelle, innombrable
D'enfans du ciel créées tous pour le Diable.
Tu ſais, lecteur, qu'en ces feux dévorants
Les meilleurs rois ſont avec les tyrans.
Nous y plaçons Antonin, Marc Aurèle,
Ce bon Trajan, des princes le modèle,

Ce doux Titus, l'amour de l'univers,
Les deux Catons, ces fléaux des pervers;
Ce Scipion maître de son courage,
Lui qui vainquit & l'amour & Carthage;
Vous y grillez, sage & docte Platon,
Divin Homère, éloquent Cicéron,
Et vous, Socrate, enfant de la sagesse,
Martir de Dieu dans la prophane Grèce;
Juste Aristide? & vertueux Solon,
Tous malheureux morts sans confession.

Tamponet écoutait ce passage avec des larmes de joie; Cher frère Triboulet, dans quel père de l'Eglise as-tu trouvé cette brave décision? Cela est de l'Abbé Trithème, répondit Triboulet; & pour vous le prouver *à posteriori*, d'une maniere invincible, voici la déclaration expresse du modeste traducteur au chapitre seize de sa Moëlle théologique.

Cette prière est de l'Abbé Trithême,
Non pas de moi, car mon œil effronté
Ne peut percer jusqu'à la cour suprême,
Je n'aurais pas tant de témérité.

Frère Bonhomme prit le livre pour se convaincre par ses propres yeux & ayant lu quelques pages avec beaucoup d'édification, ah! ah! dit-il au Jacobin, vous ne vous vantiez pas de tout. C'est un Cordelier en Enfer qui parle, mais vous avez oublié qu'il y rencontre St. Dominique,

& que ce ſaint eſt damné pour avoir été perſécuteur, ce qui eſt bien pis que d'avoir été Payen.

Frère Triboulet piqué, lui reprocha beaucoup de bonnes aventures de Cordeliers. Bonhomme ne demeura pas en reſte ; il reprocha aux Jacobins de croire à l'immaculation en Sorbonne, & d'avoir obtenu des Papes une permiſſion de n'y pas croire dans leur couvent. La querelle s'échauffa, ils allaient ſe gourmer. Fanchon les appaiſa en leur donnant à chacun un baiſer. Tamponet leur remontra qu'ils ne devaient dire des injures qu'aux profanes, & leur cita ces deux vers qu'il dit avoir lus autrefois dans les ouvrages d'un licentié nommé Moliére :

> N'apprêtons point à rire aux hommes
> En nous diſant nos vérités.

Enfin, ils minutèrent tous trois le Décret, qui fut enſuite ſigné par tous les ſages maîtres.

» Nous, aſſemblés extraordinairement » dans la Ville des Facéties, & dans » les mêmes écoles où nous recommandames au nombre de ſoixante & onze » à tous les ſujets, de garder leur ſerment de fidélité à leur Roi Henri III, » & en l'année 1592. recommandames » pareillement de prier Dieu pour Henri « IV. &c. &c.

» Animés du même eſprit qui nous guide » toujours, nous donnons à tous les diables un nommé Béliſaire, général d'armée en ſon vivant, d'un nommé Juſtinien ; lequel Béliſaire outrepaſſant ſes » pouvoirs, aurait méchamment & proditoirement conſeillé audit Juſtinien d'être bon & indulgent, & aurait inſinué » avec malice que Dieu était miſéricordieux. Condamnons cette propoſition » comme blaſphématoire, impie, hérétique ſentant l'héréſie. Deffendons ſous » peine de damnation éternelle, ſelon le » droit que nous en avons, de lire ledit » livre ſentant l'héréſie, & enjoignons » à tous les fidèles de nous rapporter les » exemplaires dudit livre, leſquels ne valaient précédemment qu'un écu, & que » nous revendrons un Louis d'or avec le » Décret ci-joint.

A peine ce Décret fut-il ſigné qu'on apprit que tous les Jéſuites avaient été chaſſés d'Eſpagne. Et ce fut une ſi grande joye dans Paris qu'on ne penſa plus à la Sorbone.

FIN.

EXTRAIT

D'une Lettre écrite de Genève

A M. * * *

Sur la Liste imprimée des Propositions que la Sorbonne a extraites de Bélisaire pour les condamner.

CERTES, on a rendu un grand service à l'Auteur de Bélisaire en faisant imprimer cette Liste. Où la Sorbonne va-t-elle se cacher ? Je me suis amusé l'autre jour à faire lire ces Propositions à un homme de bons sens qui a oublié son Latin ; je lui ai dit que c'étoit un Extrait que M. Marmontel avoit fait lui-même des Propositions de son Livre qui justifient sa croyance. Il a trouvé qu'on avoit eu tort de mettre le titre en Latin ; mais à cela près, il est convenu que l'Auteur ne pouvoit donner de ses sentimens une apologie plus complette, & qu'il falloit que la Faculté de Théologie n'eût pas lû ces passages-là, pour accuser M. Marmontel de manquer de religion. Vous jugez quel a été son étonnement, quand je lui ai dit que c'étoit le Catalogue des Propositions condamnées, Catalogue donné au Public par la Sorbonne elle-même. Il n'a jamais voulu le croire. C'est un grand bien que cet Extrait se répande. La bonne chose que ce seroit de faire imprimer à côté les Contradictoires !

On dit que la Sorbonne un peu confuse du tort que cette Liste lui fait dans le Public, se retranche aujourd'hui à ne condamner qu'un petit nombre des ces Propositions, & qu'elle réduira les XXXVII. à V. ou VI. Mais elle oublira donc ces propres paroles qu'elle a fait imprimer à la fin de la Liste ; *Outre les Propositions qu'on vient de lire, on en a remarqué plusieurs autres dignes de reprehension ; mais que cependant on n'a pas jugé à propos de rapporter dans cette Liste, croyant qu'il suffiroit d'en faire mention dans la Conclusion de la censure*. Ces paroles prouvent évidemment que la premiere intention de la Sorbonne a été de condamner *nommément* les XXXVII Propositions imprimées, & d'en condamner outre cela *in globo* plusieurs autres qu'elle n'a pas rap-

portées. Il me ſemble qu'elle doit être en peine du parti qu'elle prendra ; ſi elle condamne les XXXVII Propoſitions ſuivant ſon premier projet , elle révoltera tous les gens ſenſés & ſe rendra odieuſe & ridicule, ſi elle n'en condamne plus que quelques-unes, elle recule & montre le défaut de la cuiraſſe. Et puis il faudra voir encore, qu'eles ſeront les Propoſitions qu'elle reſervera pour l'Anathême ; je ſens quel doit être ſon embarras , & j'avoue que j'en ai pitié.

P. S. On aſſure que M. Marmontel vient d'écrire au Syndic de la Faculté ce Billet ſuivant.

» Monſieur , le reſpect dont je ſuis pénétré » pour les déciſions de la Sorbonne , me dé- » termine à ſoutenir déſormais les Contradic- » toires des XXXVII Propoſitions condam- » nées.

PIÉCES
RELATIVES
A BÉLISAIRE.

SECOND CAHIER.

A GENEVE.

M. DCC. LXVII.

HONNÊTETÉ THÉOLOGIQUE.

Imple faciem eorum ignominia, quærent nomen tuum, Domine.

DEPUIS que la Théologie fait le bonheur du monde, le nombre des honnêtetés qu'elle a produites est innombrable. Comme je ne veux ni ennuyer ni faire horreur, je renvoie ceux qui voudront connoître toutes ces honnêtetés, à l'histoire ecclésiastique; & je me borne à la plus récente, qui n'est peut-être pas la cinq cent milliéme, & qui ne sera pas la derniere.

L'Auteur de Bélisaire est un homme de bien & un excellent Ecrivain. Son Livre respire par-tout la vertu; il prêche la soumission à la providence, l'amour de la divinité, la fidélité & l'obéissance aux Souverains, le respect pour les loix, & le sacrifice entier de soi-même aux intérêts de sa patrie. Il fait le plus bel éloge du christianisme, & tâche de le justifier des violences, des cruautés & des horreurs qu'on lui impute. Voilà quel est le but que s'est proposé M. Marmontel en composant le livre de Bélisaire, & ce que tout le monde y a vu. Mais il y dit en même temps, au grand ſcandale des Docteurs en théologie,

Que Dieu eſt bon & miſéricordieux.

Que ce n'eſt point un Tyran triſte & farouche; qu'il n'eſt ni colere, ni violent, comme des hommes jaloux & ſuperbes le repréſentent en lui attribuant leurs vices.

Qu'il peut faire grace à qui bon lui ſemble, & ſauver des hommes juſtes que les Licenciers de Sorbonne n'ont pas ſauvé.

Que la vérité luit de ſa propre lumiere, & qu'on n'éclaire point les eſprits avec la flamme des bûchers.

Il dit que le péché originel, la Trinité, la proceſſion du ſaint Eſprit, la Tranſſubſtantiation, & bien d'autres myſteres, ne font rien à l'ordre de la ſociété, au deſtin des Empires, aux bons & aux mauvais ſuccès des choſes d'ici bas.

Il dit qu'il ne faut pas égorger les hommes pour leur perſuader ce qu'on ne peut croire que par une grace particuliere du très haut, & que c'eſt une mauvaiſe méthode de les maſſacrer pour les rendre bons Catholiques.

Il fait bien pis encore, il conſeille aux Souverains de ne point ſe mêler de querelles théologiques, & de n'y attacher aucune importance. Enfin il va juſqu'à les inviter à la tolérance.

Ce dernier mot, le plus horrible que puiſſent entendre des oreilles théologiques, a été un ſignal de guerre dans tous le quartier de la Sorbonne. A peine ſortie du Tombeau où l'avoit mis la Théſe de l'abbé de Prades, (*a*) il ſe préſente un nouveau bourbier, elle s'y plonge.

Le ſyndic Ribaud, Ribaudier, ou Riballier, (je ne ſais lequel) eſt le premier qui ſonne l'allarme, comme l'exigeoit le devoir de ſa charge. Il dépêche à tous les ſages Maîtres ſon domeſtique fidele Le Régent Cogé, dit; *Coge pecus*, & le troupeau s'aſſemble.

Le Syndic arrive hors d'haleine. Après avoir ſouffle pendant un inſtant, il prend la parole, & expoſe la choſe en ces termes.

Premiérement. Meſſieurs, comme la Divinité ne doit être que ce qu'il nous plait de la faire, & qu'il ne nous plait pas que Dieu ſoit bon & miſéricordieux; c'eſt une impiété, un blaſphême à l'Auteur de Béliſaire, d'avoir oſé attribuer à Dieu ces deux qualités.

Secondement. Comme nous ne ſommes pas moins en droit de borner ſa puiſſance que de fixer ſes autres attributs, & que ce n'eſt pas lui, mais nous qui ſauvons & qui damnons qui bon nous ſemble; c'eſt encore un blaſphême de dire qu'il a pu ſauver des hommes juſtes

(*a*) *V. une Broch. intit.* Le tombeau de la Sorbonne.

que nous avons jugé à propos de damner. Il n'y a pas d'apparence que Dieu voulut se faire un affaire avec la Sorbonne, en mettant dans le Paradis ceux que nous avons réprouvés.

Troisiémement. Messieurs, l'Auteur cherche *à faire regarder le Christianisme comme une religion odieuse* (*b*), en disant qu'il ne doit point mettre la flamme & le fer à la main. Vous, Messieurs, & les sages maîtres de tous les siécles, avez toujours pensé le contraire. *Puisque l'Auteur de Belisaire veut parler de la religion, qu'il en parle d'une maniere convenable.* (*c*)

Quatriémement. Par la même raison vous jugerez que c'est une impiété funeste à la religion, & sur-tout à nos écoles, que d'oser conseiller aux puissances civiles de ne point se mêler des querelles théologiques, de les mépriser, d'avoir de l'indulgence pour les erreurs des hommes, & de la tolérance pour tous. Si les Souverains s'avisoient de suivre ce conseil, que deviendroient notre existence & notre crédit ? la religion ne mettroit plus le fer & la flamme à la main de personne, & tout seroit perdu.

Il n'y a qu'un Payen, un damné, un

(*b*) Lettre du Docteur Riballier, Syndic de la Sorbonne, à M. Marmontel. Du 19 Février 1767.

(*c*) Lettre *ibid.*

Encyclopédiste en un mot, qui puisse dire, *Deorum injuriæ diis curæ*. Cette tolérance civile n'a jamais été, vous le sçavez Messieurs, la doctrine de l'Eglise; les incrédules n'ont qu'à lire, pour s'en convaincre, le Pere Thomassin de l'Oratoire, dans son livre de *l'unité de l'Église*; ils y verront que les Conciles, les Evêques, & les plus éminents Docteurs, ont sollicité & obtenu les loix de Constantin, de Théodose, de Marcien, de Justinien même, & de tous les Empereurs qui ont condamné à mort non seulement ceux qui ne professoient point du tout le Christianisme, mais même ceux qui ne le professoient point au gré de la Théologie de leur temps.

Ils y verront que ces mêmes Evêques & ces Docteurs ont comblé d'éloges les Souverains qui avoient fait ces loix, & ceux qui les faisoient exécuter; que les Conciles les ont honoré d'acclamations, de bénédictions, & de très humbles actions de graces, comme cela étoit juste. Voilà quel est le véritable esprit du Christianisme, & comme il faut penser pour être orthodoxe. Que l'auteur de Bélisaire l'apprenne, s'il ne le sçait pas.

Cinquiémement Il suit de cette doctrine, la seule véritable, qu'il n'est pas vrai, comme l'avance encore cet Ecrivain en suivant toujours son détestable systême de tolérance, que la vérité luit de sa propre lumiere, & qu'on n'éclaire point les esprits avec la flamme des buchers; car il est très bon de brûler quelque fois des incrédules & des hérétiques, (*d*) afin que la flamme de leurs buchers éclaire les esprits des autres; ce que ne pourroit pas faire la vérité par elle-même.

Je pourrois vous dénoncer, Messieurs, une infinité d'autres propositions aussi abominables que celles-ci, qui attaquent également, dans ce détestable ouvrage, votre pouvoir sur la Divinité & sur le salut des hommes, & vos principes sur la Religion; mais je crains d'être long: je me reserve de rassembler les principales, au nombre de XXXVII, dans un *Indiculus* que je formerai avec douze des plus sages Maîtres qu'il vous plaira de choisir. J'aurai l'honneur de présenter ensuite cet *Indiculus* à la vénérable Faculté, *en lui demandant une Censure raisonnée qui puisse servir de contre-poison aux maximes dangereuses qui sont établies dans ce Livre*, (*e*) telles que celles qu'on vient de voir.

(*d*) C'étoit même une hérésie du temps d'Erasme, que de dire qu'on ne le devoit pas. La Sorbonne l'a décidé ainsi. Voyez *la Vie* de cet homme de Lettres.

(*e*) Lettre du Syndic Riballier, à M. Marmontel. Du 19 Février 1767.

Pour ne ne pas vous arrêter trop long-temps, je passe, Messieurs, à quelques autres maximes d'une espéce différente, que contient encore ce livre, & qui ne blessent pas moins vos principes & votre autorité par un côté qui nous est bien précieux. Je ne dois pas finir sans vous en rendre compte.

Vous sçavez que ces paroles du Prince des Apôtres, *Pasce oves meas*, signifient très positivement que l'Eglise & son chef peuvent déposer les Rois hérétiques, & délier leurs sujets du serment de fidélité. C'est ainsi que les ont expliquées les plus habiles Docteurs, tels que Belarmin & Suarez.

Il ne faut pas m'objecter que ceux-ci sont des Jésuites, & que c'est pour cela que la Société a essuyé la proscription dont nous sommes témoins. Les plus grands Saints de tous les Ordres ont soutenu ce pouvoir de l'Eglise. Et pour n'en citer qu'un entr'autres; saint Thomas d'Aquin, l'ange de l'école, & notre Maître par excellence, dont nous suivons & enseignons les leçons, dit expressément; que ceux qui délivrent les peuples d'un méchant Roi, sont louables. (*f*)

Que le mauvais Prince est le seul séditieux.

Qu'il y a des cas où celui qui le tue, merite récompense.

(*f*) *Liv. II. Quest.* 42. *Art.* 2.

Qu'un Prince qui a apoſtaſié, n'a plus de droits ſur ſes ſujets. (*g*)

Qu'il eſt excommunié, & ſes ſujets délivrés *ipſo facto* de leur ſerment de fidélité.

Que comme il eſt permis de réſiſter aux larrons, il eſt permis de réſiſter aux mauvais Princes. (*h*)

Il eſt donc très évident, ſages Maîtres, qu'il eſt permis de réſiſter aux Rois infideles ou hérétiques, (car ſe ſont là les mauvais Princes) de ne point leur garder le ſerment de fidelité, de les tuer même.

Tout Souverain qui ne penſe pas comme nous, & qui mépriſe nos querelles, eſt un Tyran, & parconſéquent un homme dont la Religion nous invite à nous défaire. Telle eſt l'autorité & la façon de penſer de l'Egliſe.

Elle a confirmé dans tous les temps ces maximes par les faits. Je n'en rapporterai que quelques exemples.

Saint Hermenegilde n'a été canoniſé, que parce qu'il s'étoit révolté contre ſon pere, roi d'Eſpagne, qui ne penſoit pas comme les Théologiens de ſon pays.

(*g*) *Liv. II. Queſt.* 12.

(*h*) *Liv. II. Queſt.* 69. Tous ces Paſſages de ſaint Thomas d'Aquin, ſont cités dans les Honnêtetés littéraires, mais elles conviennent infiniment mieux dans une Honnêteté théologique.

Le ſaint Concile de Conſtance qui nous a donné un ſi bel exemple en faiſant brûler deux hérétiques malgré la foi qui leur avoit été donnée, n'a point voulu condamner le libelle que Falkenberg, Théologien allemand, avoit fait pour exciter les Polonois à tuer leur Roi.

Il a de même conſtamment refuſé de flétrir l'écrit par lequel notre célébre & digne confrere Jean Petit (Cordelier de la grande manche & prédéceſſeur de notre illuſtre Pere Bon-Homme ici préſent) avoit juſtifié l'aſſaſſinat du Duc d'Orléans, frere du Roi de France. Toutes les ſollicitations des deux Rois furent inutiles, & ne purent jamais déterminer le ſaint Concile à s'écarter des ſentimens adoptés ſur ces deux points par la ſaine Théologie de tous les temps & de tous les Pays.

Nos illuſtres prédéceſſeurs dans cette faculté, ont ſuivi de même cette pieuſe & honnête Doctrine, quand ils ont deffendu aux Sujets de notre Roi Henri III, de lui obéir & de garder le ſerment de fidélité qu'ils lui avoient fait. Ce Prince n'étoit pas hérétique; mais il fut traité comme s'il l'étoit, parce qu'il voulut ſe contenter de la ſaint Barthelemi, & qu'il ne jugea pas à propos de dépeupler ſon Royaume pour nous être agréable.

Henry IV fut auſſi déclaré déchu du Trône par les ſages Maîtres que nous remplaçons ; & quand il fut devenu leur Roi malgré eux, à la grande joie de toute une nation inſenſée, & au grand déſeſpoir des Prêtres & des Moines ; ils ordonnerent qu'on ne pria point Dieu pour lui. Il avoit pourtant fait abjuration ; mais on le ſoupçonnoit de n'être pas intérieurement aſſez dévoué aux Théologiens Catholiques. Ils canoniſerent ſon aſſaſſin dans la chaire de vérité.

Ces autorités reſpectables, ſi ſacrées pour quiconque eſt véritablement Chrétien, & ſur-tout ſi favorables à l'indépendance & à la ſûreté des Rois ; n'ont pas empêché l'auteur de Béliſaire de ſoutenir à chaque page de ſon livre, que rien ne peut diſpenſer les Sujets de l'obéiſſance & de la fidélité qu'ils doivent à leurs Souverains légitimes.

Qu'il n'eſt jamais permis de ſe venger d'eux, ni de les trahir, quelqu'offenſe & quelqu'injuſtice qu'on en ait reçu.

Qu'enfin leur autorité eſt indépendante de toute autorité, même de la nôtre. (*i*)

Je ne finirois pas, Meſſieurs, ſi je voulois vous rapporter toutes les propoſitions

---

(*i*) Voyez le Chapitre I, III & IV de Béliſaire. Voyez le Livre entier, où l'Auteur a mis par-tout ces maximes dans la bouche du héros ſi maltraité par ſon Prince.

condamnables que Bélisaire avance sur cette matiere.

Je sens bien que vous n'oserez pas les condamner, comme elles le méritent, par une Censure publique; mais il y a un moyen de punir l'Auteur sans vous compromettre: c'est de le calomnier, & je m'en charge. Si un Libelle ne suffit pas, j'en ferai deux.

Je commencerai par une annalyse très infidele du livre. J'en altérerai tous les passages; je les transposerai afin d'en dénaturer le sens & les expressions, & d'en tirer les conséquences qui me paroitront les plus utiles à vos intérests.

Je dirai que ce que l'Auteur appelle *la persécution*, cest *la Religion*: que *l'homme bienfaisant & juste, qu'il ne croit pas être l'objet des vengeances de la Divinité*, cest *le méchant*: que lorsqu'il dit que *les Princes ne doivent point regarder comme leur bien celui de leurs Sujets, & qu'ils en doivent être économes*; cela veut dire, *que les Sujets doivent se révolter, & ne leur pas payer le tribut.*

Que c'est encore les exciter à la révolte, de dire que *chez les peuples civilisés, c'est la vertu qui les retient dans le devoir.* Enfin l'imposture ne me coûtera rien, selon la méthode théologique, pour rendre l'Auteur odieux, si je le puis. Et puisqu'il a osé soutenir que le Trône est indépendant de l'Autel, je l'accuserai de braver le Trône & l'Autel.

Mon Domestique *Cogé* surnommé *Pecus*, comme je vous l'ai déja dit, Messieurs, qui régente la Rhétorique aux quatre Nations, & qui a étudié la Théologie dans l'églogue *formosum pastor*, & la politesse dans Juvenal; paroîtra avoir fait ce libelle. Si je le donnois sous mon nom, je ne pourrois pas en être le Censeur, & il ne s'en trouveroit aucun qui voulut l'approuver. Par là je tromperai le Magistrat, qui, ne me soupçonnant pas capable d'approuver un Libelle, encore moins de l'avoir fait, en permettra l'impression. Il est vrai que cette petite fourberie pourra me couvrir d'opprobre auprès de ceux qu'on appelle *d'honnêtes gens*; mais quand il s'agit de nuire & de se venger, un Théologien doit braver l'ignominie. (*l*)

Je reponds *de Cogé pecus*, il ne craint ni

(*l*) On n'exagére rien dans tout ceci; il ne faut que lire avec impartialité l'ouvrage de Bélisaire, & la critique calomnieuse qui en a été faite sous le nom d'examen de Bélisaire, pour être indigné contre l'Auteur de ce Libelle. Il ne faut que lire les Lettres que le Syndic Riballier a écrittes a M. Marmontel, pour être convaincu que c'est ce Syndic qui est le calomniateur. On trouve en partie dans ses Lettres, tout ce qui est dans le Libelle. M. Marmontel n'a pas voulu les faire imprimer, non plus que celles qu'il a écrites à ce Syndic; j'en suis fâché. Je crois qu'on doit à la Société de faire connoître les hommes de cette espece.

la honte ni l'indignation publique; il s'y exposera avec plaisir pour nous servir: & lorsque qu'il en sera couvert, je crois que vous ne refuserez pas, Messieurs, de lui accorder le Bonnet, il l'aura bien mérité.

Ainsi parla le Syndic; & ce ne fut qu'un cri d'applaudissement dans toute l'Assemblée. Chacun s'empressa de louer le zele de de ce digne Chef qui vouloit bien s'exposer si généreusement au mépris général pour la cause commune; on lui en fit des remercïmens. On nomma douze Docteurs pour travailler à *l'Indiculus*, tandis qu'il travailleroit au Libelle. Il le promit aux sages Maîtres pour le *prima mensis* prochain; & il tint parole.

Ce Libelle & son Supplément pourront faire le sujet d'une autre honnêteté Théologique, aussi bien que *l'Indiculus* publié par la Sorbonne.

PIÈCES
RELATIVES
A BÉLISAIRE.

TROISIÉME CAHIER.

A GENEVE.

M. DCC. LXVII.

AVERTISSEMENT.

IL vient de nous tomber entre les mains une copie des Lettres de M. Marmontel au Sieur Riballier, Syndic de la Faculté de Théologie de Paris. Nous croyons devoir les imprimer, & nous espérons que M. Marmontel ne nous en saura pas mauvais gré. L'honnêteté & la modération dans lesquelles il se renferme, en confondant l'imposture & la calomnie, ne peuvent que faire honneur à son caractere, & prouver la droiture de ses intentions.

RÉPONSE

De Monsieur MARMONTEL,

A UNE LETTRE

De Monsieur l'Abbé RIBALLIER,

Syndic de la Faculté de Théologie de Paris.

LORSQUE je reçus, Monsieur, votre Lettre du 19 Février, je demandois la paix, & je crus devoir dissimuler tout ce qu'une Lettre si dure avoit d'injuste & d'offensant pour moi.

Mais à présent que j'ai perdu toute espérance d'éviter un éclat, vous ne trouverez pas mauvais que je revienne sur cet objet.

Je commence, Monsieur, par vous rappeller nos entretiens. Monsieur le Lieutenant de Police m'ayant fait l'honneur de m'écrire, qu'il désiroit que j'eusse une conférence avec vous, & que vous y aviez consenti; j'allai vous voir, & je vous suppliai de me dire ce qu'on trouvoit de répréhensible dans mon Ouvrage. Vous me répondîtes, que le quinziéme Chapitre attaquoit la Religion; que tout y annonçoit le naturalisme, & que

Bélisaire étoit un Déiste que j'opposois à un Chrétien. Je vous assurai que mon intention avoit été de faire de Bélisaire, un Chrétien doux & charitable, & de l'opposer à un Chrétien fanatique, tel que l'étoit Justinien. J'ajoutai que, dans tous les livres qui attaquoientla Religion, j'avois remarqué qu'on lui reprochoit sur-tout de damner les infideles de bonne foi, & d'autoriser les persécutions; & que j'avois voulu faire voir, autant qu'il étoit en moi, que son véritable esprit étoit absolument contraire à ces deux especes de fanatisme. Vous me dites que ce motif étoit louable, mais que j'avois été trop loin. Je répondis que, s'il m'étoit échappé dans les détails quelque chose de répréhensible, j'étois prêt à le rectifier: que je vous soumettois meslumieres, que je ne déffendois que mes intentions, & que je vous priois de me permettre de les justifier, en vous expliquant dans quel sens j'avois dit ce que vous n'approuveriez pas. Vous prîtes la peine, Monsieur, de lire avec moi le quinziéme Chapitre. Je ne vous répéterai point vos critiques ni mes réponses, elles sont contenues dans un mémoire que je me propose de publier. Je dirai seulement que, malgré la légéreté avec laquelle vous passiez sur mes raisons, malgré l'espece de répugnance que vous aviez à fixer votre attention sur les endroits du livre qui déposoient en ma faveur, je me tins dans les bornes de la modeſtie & de la docilité qui me convenoient, & que vous en fûtes content vous même. Vous me fîtes l'honneur de me dire, que vous étiez d'autant plus diſpoſé à me croire de bonne foi, que, dans aucun de mes ouvrages, il ne m'étoit rien échappé juſqu'ici de contraire à la Religion : & vous finîtes par m'aſſûrer, que vous feriez votre poſſible pour accommoder les choſes ſans éclat. Je vous laiſſai dans ces diſpoſitions.

En rentrant chez moi, je trouvai la dixiéme feuille de mon livre que l'Imprimeur m'envoyoit à corriger pour la ſeconde édition. Cette feuille contenoit heureuſement la moitié du quinziéme Chapitre. Je fis réfléxion que dans notre conférence, quand je répondois à vos difficultés, vous m'aviez répété ſouvent, qu'il auroit fallu mettre en notes les raiſons que je vous donnois. Je crus donc qu'il en étoit temps; & j'allai vous revoir avec l'eſpérance de tout concilier par-là. Je vous trouvai plus difficile, & je m'apperçus très bien qu'on vous avoit animé. Vous inſiſtâtes ſur l'imputation de Déiſme, & ſur l'autorité que Béliſaire donnoit à ſa conſcience, à laquelle, diſiez-vous, il ſubordonnoit la foi. Quant à la propoſition que je vous fis, de tout éclaircir par des notes; vous me dîtes, qu'il en falloit non ſeulement dans cette feuille, mais encore dans la ſuivante. Il y avoit à celà quelques difficultés dont je vous fis le détail; mais je ne m'y arrêtai point. Je vous suppliai de marquer les articles qui exigeroient ces notes correctives, & vous me promites d'assembler quelques Docteurs des plus sages, pour vous consulter avec eux.

Cependant votre persévérance à voir un Déiste dans Bélisaire, & l'opinion où je vous avois laissé, que je donnois trop à la conscience au préjudice de la foi, me causoient de l'inquiétude. J'eus l'honneur de vous écrire le lendemain, pour opposer à vos préventions sur ces deux articles, les mêmes éclaircissemens que j'ai insérés dans mon mémoire. Je vous suppliai de nouveau de compter sur ma docilité, & d'en répondre, ainsi que de ma bonne foi, aux Théologiens avec lesquels vous deviez délibérer. Quel resultat, Monsieur, de cette délibération, que la Lettre que je reçus de vous le lendemain! la voici.

LETTRE de M. Riballier à M. Marmontel, du 19 Février.

J'AI fait part de votre Lettre, Monsieur, aux personnes que jai consultées ce soir sur votre Livre; vos explications leurs paroissent, comme à moi, tout-à-fait insuffisantes. *Je conviens que vous parlez de révélations*

& de vérités mystérieuses dans le Chapitre en question; mais ce ne sont que de vains noms, qui ne sont là que pour la parade, & pour jetter de la poudre aux yeux. Dans le fait, vous regardez la révélation comme fort indifférente, ou au moins comme fort inutile pour les mœurs; vous le dites même expressément page 243 : » les vérités mys-» térieuses qui ont besoin d'être révélées, ne » tiennent point à la morale, examinez-le » bien : Dieu les a détachées de la chaîne de » nos devoirs, afin que, sans la révélation, il » y eut par-tout d'honnêtes gens. « *A quoi donc sert ce supplément de la conscience? s'il ne nous apprend rien pour notre conduite, si nous connoissons tous nos devoirs sans avoir recours à ce moyen, vous devez convenir que rien n'est plus inutile.* Dun autre côté, ces vérités mystérieuses qui, selon vous, ne sont que des vérités de spéculation, ne sont point du tout nécessaires pour le salut, *puisque l'on peut être sauvé sans les croire*, & que vous mettez dans le Ciel, non seulement les Héros payens qui ont précédé l'établissement du Christianisme, mais encore ceux qui ont connu cette Religion, & qui en ont persécuté les Disciples. *A quoi donc peuvent servir ces vérités? Je vous avoue que, s'il y a quelque chose qui me paroisse évident, c'est la conséquence que l'on tire de la lecture du Chapitre XV, qui*

n'a d'autre but que d'établir le Déisme, & de faire regarder le Christianisme comme une Religion odieuse ou au moins fort indifférente. Je n'imagine aucune explication qui puisse empêcher cette impression ; il faut donc vous résoudre à supprimer ce Chapitre, ou à le réfondre de maniere que l'on n'y apperçoive pas le moindre vestige du premier systême. Puisque vous voulez parler de la Religion, parlez-en d'une maniere convenable ; ou trouvez bon que ceux qui sont chargés par état de la déffendre, prennent ses intérêts. C'est ce que je compte faire en mon particulier, en demandant à la Faculté de Théologie une Censure raisonnée, qui puisse servir de contre-poison aux maximes dangereuses que vous établissez dans votre livre.

Je suis très parfaitement, *&c.*

Reprenons cette Lettre article par article. *Mes explications*, dites-vous, *paroissent insuffisantes !* Il ne tenoit qu'à vous, Monsieur, de m'en demander des nouvelles, ou d'y suppléer en vous rappellant les détails de nos entretiens : mais vous les aviez oubliés, & votre Lettre en est la preuve. Vous y dites que dans mon livre, *je parle de révélation & de vérités mystérieuses, mais que ce ne sont que de vains noms, qui ne sont là que pour la parade, & pour jetter de la poudre aux yeux !* Voilà, Monſieur, une étrange maniere de rendre ce que j'ai dit de la révélation & des myſteres, dans les termes les plus reſpectueux! *je parle de la révélation!* Non, Monſieur, je ne me contente pas d'en parler; je dis que Dieu nous l'a donnée pour guide; qu'elle eſt le ſupplément de la conſcience; que les myſteres quelle propoſe, quoiqu'inconcevables, méritent, demandent la ſoumiſſion de l'homme, & qu'il faut plaindre ceux dont la raiſon eſt moins éclairée ou moins docile que celle de l'homme qui s'y ſoumet. Si ſe ſont là des expreſſions pour la parade, & pour jetter de la poudre aux yeux; dites-moi, quel eſt le langage ſérieux & ſincere dont on ne put dire la même choſe avec autant de raiſon? Vous continuez à me traiter de charlatan, de fourbe & d'hipocrite! *Dans le fait vous regardez*, me dites-vous, *la révélation comme fort indifférente*! Monſieur, j'entends la force des termes, & je vous prie de me dire pourquoi vous employez ici ce *fort indifférente*. Eſt-ce là le ſtyle & le ton de l'homme impartial & juſte que je croyois trouver en vous, & à qui je m'étois livré avec tant de confiance? *Je regarde la révélation comme fort indifférente ou au moins comme très inutile pour les mœurs!* Voilà encore un *très inutile* qui me ſemble très déplacé. J'ai dit, que les vérités myſtérieuſes & qui ont beſoin d'être révélées, ne tiennent point à la morale, & que Dieu les a détachées de la chaîne de nos devoirs, afin que, sans la révélation, il y eut par-tout d'honnêtes gens. Mais, 1°. *les mysteres révélés* ne sont point la révélation prise dans toute son étendue, & je n'ai pas dit de la révélation en général, ce que j'ai dit des mysteres révélés. 2°. Je n'ai point dit que la connoissance de ces mysteres fut indifférente, rien dans mon livre ne le fait entendre. 3°. Les mysteres révélés peuvent ne pas tenir à la morale, sans pour cela être inutiles comme vous le prétendez. Vous demandez, à quoi donc servent ces vérités mystérieuses? si elles ne nous apprennent rien pour notre conduite (morale,) si nous connoissons tous nos devoirs (moraux) sans avoir recours à ce moyen, je dois convenir, dites-vous, que rien n'est plus inutile. En vérité, Monsieur, si je ne sçavois pas que vous êtes le chef d'une Faculté de Théologie; & si je ne voyois votre nom au bas de votre letre, je ne croirois jamais que cette objection m'est faitepar un Théologien! Comment, Monsieur, *à quoi servent les mysteres, s'il ne servent point à notre conduite morale?* Tous les Théologiens vous répondront pour moi, qu'ils servent à exercer la soumission de notre esprit. S. Paul vous dira, qu'ils servent à nous faire captiver notre entendement sous l'obéissance de la foi. Les

Peres vous diront, que ces mysteres servent à faire que le sacrifice de l'homme soit complet, & qu'après avoir dompté les passions de son cœur, il sacrifie encore à Dieu les lumieres de son esprit. Et vous voulez que je convienne que, si les mysteres révélés ne servent pas à diriger notre conduite morale, *Il n'y a rien de plus inutile !* non, Monsieur, je ne vois pas cette inutilité comme vous ; je vois dans la révélation des mysteres la connoissance plus développée de mes devoirs envers Dieu, des nouveaux motifs d'espérance, de reconnoissance & d'amour pour lui, & des idées plus profondes & plus sublimes de ses attributs & de son essence. Pour vous, Monsieur, si vous ne voulez reconnoître dans la révélation des mysteres, d'autre utilité que leur influence sur les mœurs, que leur rapport avec les devoirs de l'homme envers l'homme, les seuls dont il soit question dans cet endroit de mon livre ; expliqueriez-vous bien, comment le mystere de la Trinité, celui de la Procession du saint Esprit, celui du péché originel, *&c.* sont liés avec ces devoirs, & quelle influence ils ont sur la conduite d'un pere, d'un fils, d'un ami, d'un citoyen, *&c* ? Voilà la tache que vous avez à remplir, & je vous déclare que je ne cesserai de vous presser, jusqu'à ce que vous vous soyez nettement expliqué sur cet article.

Je continue à parcourir cette Lettre si étonnante. Vous me reprochez d'avoir dit, que *les vérités mystérieuses ne sont point du tout nécessaires au Salut, puisque l'on peut-être sauvé sans les croire*; & la preuve que vous donnez, que j'ai dit, *qu'on peut-être sauvé sans les croire*, c'est que j'ai mis dans le Ciel, non seulement les Héros payens qui ont précédé l'établissement du Christianisme, mais encore ceux qui ont connu cette Religion, & qui en ont persécuté les Disciples. *A quoi donc*, me demandez-vous, *peuvent servir ces vérités?* Je vous demande à mon tour, Monsieur, en quel endroit de mon livre j'ai dit, que ces vérités ne seroient pas révélées aux infideles de bonne foi qui auroient suivi la loi naturelle ? Saint Thomas décide, qu'elles le seroient, *par miracle*, s'il étoit besoin; *divinitùs . . . . per revelationem* : & cette révélation, est sans doute un des moyens que Dieu s'est réservé pour *rendre, même à tout infidele, le salut possible*. (*a*) Telle est la Doctrine de votre Faculté : & faisant espérer à Bélisaire qu'il trouveroit dans le Ciel les plus vertueux des Payens, je n'ai exclu aucun des moyens que Dieu avoit eu de les sauver : pourquoi me faites-vous exclure la révélation, des vérités nécessaires au Salut ?

(*a*) Censure d'Eucile, premiere Part. Lett. 5.

Quant à la connoiſſance que vous ſuppoſez, que ces Payens ont eu de la Religion Chrétienne en la perſécutant ; permettez-moi de vous renvoyer à cet article de mon mémoire.

Vous concluez, Monſieur, que s'il y a quelchoſe qui vous paroiſſe évident, c'eſt la conſéquence que l'on tire de la lecture du quinziéme Chapitre; qu'il n'a d'autre but *que d'établir le Déiſme!* Pourriez-vous, Monſieur, faire ſigner à un Déiſte, quelque mitigé qu'il fût, la profeſſion de foi de Béliſaire qui eſt à la page 240 ? vous ne devriez pas l'avoir oublié, car, dans nos entretiens, je vous ai preſſé plus d'une fois d'y jetter les yeux, & j'ai pris le ſoin de plier la page, afin qu'il vous fût plus aiſé de la retrouver au beſoin. Je vous prie de la relire, & avec plus d'attention que vous n'avez fait juſqu'ici.

Mais ce qui ſuit dans votre lettre, eſt encore plus violent que tout ce qui a précédé. *J'ai voulu,* dites vous, *faire regarder le Chriſtianiſme comme une Religion odieuſe ou du moins très indifférente!* Monſieur, un ſeul homme juſte & modéré a vu dans mon ouvrage le projet déteſtable que vous m'imputez, je ſouſcrirai à ma condamnation. Eſt-il poſſible que vous voyez ſi différemment que le public, que les perſonnes inſtruites & ſages qui ont lu & cenſuré mon livre ? Les deux Cenſeurs que j'ai eu, n'ont certainement pas vu comme vous. Il étoit de leur intérêt, ſans doute, de refuſer leur approbation à un ouvrage où l'on auroit voulu rendre le Chriſtianiſme odieux. L'un deux, eſt Docteur en Théologie, homme éclairé, homme zélé pour la ſaine Doctrine, à la tête d'une grande Maiſon. Ce n'eſt pas moi ſeulement que je prétends juſtifier d'une imputation ſi noire, ce ſont ces hommes eſtimables qui ont été mes Cenſeurs, & aux lumieres deſquels je me ſuis ſoumis : ce ſont eux que je deffends, & que je déffendrai avec toute la confiance que m'inſpire mon innocence & la bonté de ma cauſe, qui devient la leur. *Si quelque choſe vous paroît évident, c'eſt que j'ai voulu faire regarder le Chriſtianiſme comme une Religion odieuſe* ! Cette évidence eſt donc pour vous ſeul. Comment ce qui eſt évident pour vous, n'a-t'il pas même été ſoupçonné par mes Cenſeurs, par le public ? comment mon livre n'a-t'il pas excité un cri de révolte univerſel ? comment l'auteur n'eſt-t'il pas regardé comme un homme abominable ? oui, Monſieur, abominable ! vous me ſuppoſez tel, lorſque vous m'accuſez d'être fourbe & hipocrite, au point d'avoir eu dans l'ame le projet de rendre odieuſe une Religion dont je parle, dont je fais parler mon héros avec un reſpect ſi tendre. Ce que j'ai voulu rendre odieux, c'eſt l'attrocité de l'erreur qui damne les infideles de bonne foi qui ont ſuivi la Loi naturelle : Ce que j'ai voulu rendre odieux, c'eſt l'atrocité des perſécutions, les poignards éguiſés par le Fanatiſme, les buchers allumés au nom d'un Dieu de paix. Si c'eſt là votre Chriſtianiſme, ce n'eſt point celui des PP. de l'Egliſe; & je déclare que ce n'eſt pas le mien.

En vérité, Monſieur, vous connoiſſez bien mal les intérêts de la Religion, & ſes véritables ennemis ! j'ai publié beaucoup d'ouvrages ; j'y ai conſtamment reſpecté la Religion. Je me trouve conduit à traiter en paſſant quelques points de ce grand ſujet ; je mets ſur la ſcene un héros chrétien & malheureux, qui trouve dans ſa Religion une conſolation puiſſante à ſes maux ; je lui fais exprimer la doctrine conſolante de la bonté de Dieu, de ſa volonté de ſauver tous les hommes, des ſecours qu'il donne à tous, & ſur-tout aux gens de bien pour arriver au ſalut ; de la poſſibilité qu'un infidele vertueux ſoit ſauvé par un effet de la bonté Divine ; je prêche l'indulgence aux Princes pour les erreurs des hommes ; j'établis que la Religion ne doit pas être ſoutenue par le fer & le feu ; » que le plus infaillible moyen » pour un Prince, de la rendre chere à ſes » peuples, c'eſt de faire juger de la ſainteté

» de sa croyance, par la sainteté de ses » mœurs, & de donner son regne pour exem- » ple & pour gage de la vérité qui l'éclaire » & qui le conduit; je dis que, si les Prin- » ces demandoient à Dieu, *quelles armes* » *emploierons nous pour vous faire adorer* » *comme vous devez l'être?* & que Dieu » daignat se faire entendre; il leur ré- » pondroit, *vos vertus.* « Je dis tout cela du Christianisme, car, dans la bouche de Bélisaire & de Justinien, la Religion n'est que le Christianisme. Ce terme n'étoit pas plus équivoque à Constantinople qu'à Paris, & on dit que je veux rendre la Religion Chrétienne odieuse! & on m'accuse de Déisme & d'incrédulité! En vérité cela ne peut se concevoir. Ce sont ceux qui attaquent la Religion dans mes principes, qui sont ses ennemis. Les deux objections les plus fortes des incrédules, sont précisement les contradictoires de ces principes que j'établis : vous devez sçavoir que, ni l'auteur du Christianisme dévoilé, & du Déspotisme oriental, ni celui de l'examen des Apologistes de la Religion Chrétienne, ni Colins, ni Tindal, ni tant d'autres qui l'attaquent si violemment, n'ont garde de soutenir que les infideles vertueux puissent arriver au salut. La damnation éternelle des hommes justes dont l'erreur a été de bonne foi, les violences, les cruautés, les horreurs que le Fanatisme a exercées en ſon nom, voilà ce qu'ils lui attribuent. Ils repréſentent au milieu des flammes de l'enfer, ces Titus, ces Trajan, ces Antonius qui ont fait les délices du monde; ils repréſentent la vengeance céleſte appliquée à les tourmenter éternellement; alors la nature frémit, ſe révolte, & n'entend plus rien. Voilà, Monſieur, comme on s'y prend pour rendre le Chriſtianiſme odieux! Voilà quels ſont ſes ennemis! C'eſt à ceux là qu'il faut répondre, au lieu de perdre un temps précieux à incidenter ſur un ouvrage dont le but général eſt bon & honnête, & où l'on juſtifie la Religion loin de l'attaquer. Il ne faut pas vous le diſſimuler, Monſieur, on vous diſpute tout: la miſſion, la divinité du fondateur de la Religion, ſes miracles, la bonté même de ſa morale. On vous reproche tout: des ſéditions, des ravages, le monde entier dévaſté, des flots de ſang répandus au nom d'un Dieu, les Etats ébranlés ſur leurs fondemens. Vous êtes attaqué juſque dans le ſanctuaire, & vous vous occupez à perſécuter un homme qui déffend de ſon mieux votre cauſe & la ſienne, & dont vous même avez reconnu la droiture & la bonne foi!

Di meliora piis, errorem hoſtibus illum.

Souvenez-vous que dans notre premiere conférence, vous voyant obſtiné à trouver dans mon livre ce que je n'y avois pas mis ; je vous dis : » avouez, Monsieur, que c'est plutôt » sur l'esprit de mon siécle que sur le mien, » que l'on m'a jugé. « Vous me repondîtes, *cela peut-être*. Voilà ce qui vous a trompé. Je vous représentai que mon livre n'étoit que mon livre, & que c'étoit d'après lui que vous deviez me juger. Si vous aviez voulu m'en croire, vous auriez lu : vous auriez trouvé que tout y respire l'honnêteté, que la candeur en est le caractere, & qu'il est difficile que ce soit l'ouvrage d'un fourbe, d'un hipocrite, d'un charlatan *qui veut jetter de la poudre aux yeux*. Mais votre zéle animé contre le Déisme, croit voir le Déisme par-tout. Je vous pardonne, & je vous plains d'avoir cru le voir dans mon livre.

Vous finissez votre lettre par me déclarer qu'il n'y a aucune explication qui soit capable d'effacer cette idée, qu'il n'y a adition, ni interprétation qui puisse empêcher l'impression que fait ce quinziéme chapitre; cela peut-être à votre égard, & la raison n'efface pas un préjugé pris sans raison. Mais j'espere trouver des esprits moins prévenus & plus tranquilles. Si une pareille décision étoit celle de la Faculté entiere, je devrois la respecter & me tenir dans le silence ; mais votre opinion seule ne me fera pas renoncer au droit naturel de me deffendre.

fendre & de me justifier. Oui, Monsieur, je me justifierai, & d'une maniere satisfaisante pour les hommes équitables. Vous dites que vous demanderez à la Faculté une Censure raisonnée, qui puisse servir de contre-poison aux maximes dangereuses que j'établis dans mon Livre. Il falloit dire, je crois, que vous demanderez un examen de mon Livre, & une Censure s'il y a lieu. De mon côté je vais avoir l'honneur d'adresser à la Faculté le Mémoire que j'ai fait pour ma justification, (*n*) & j'espére y trouver des Juges moins passionnés que vous.

J'ai l'honneur d'être très parfaitement,

M. Votre, *&c.*

(*n*) Ce Mémoire a été remis à M. l'Abbé le Grand, l'un des Docteurs chargés de l'examen du Livre, pour en faire l'usage qu'il jugeroit convenable. On ignore s'il l'a communiqué.

LETTRE DE M. MARMONTEL,

A M. RIBALLIER,

Syndic de la Faculté de Théologie, & Censeur royal :

Au sujet d'un Libelle intitulé, *Examen de Bélisaire.*

JE ne connois point, Monsieur, l'écrivain charitable qui vient de publier un Examen de Bélisaire. Il a eu la modestie de se cacher. Mais vous, dont le nom est en toutes lettres au bas de son ouvrage, & qui déclarez n'y avoir *rien trouvé qui puisse en empêcher l'impression;* permettez-moi de vous demander, si ce n'est *rien* que la calomnie; & si vous avez pu vous dissimuler que ce libelle en est rempli?

Je passe sous le silence la partie littéraire; un intérêt plus sérieux que celui de la vanité m'occupe, & m'oblige à me plaindre à vous & de l'Auteur & du Censeur de ce libelle injurieux.

On sçait qu'un des malheurs du regne de Justinien, fut la persécution; que cet Empereur ſe mêloit des querelles Théologiques ; & que flottant dans ſa croyance, il n'en faiſoit pas moins égorger ſans pitié tous ceux qui refuſoient de penſer comme lui. C'eſt de quoi gémit Béliſaire Et lorſqu'il dit (page 229.) » Il eſt une autre *calamité* qui m'afflige ſenſiblement « ! Il eſt évident qu'il ne parle que de la perſécution. Cependant le critique, au mot *calamité* met un renvoi ; (*a*) & au bas de la page il écrit la *Religion.* Il m'accuſe donc d'avoir fait dire à Béliſaire, que la *Religion eſt une calamité qui l'afflige ſenſiblement* ! Mais Béliſaire dit (page 240 :) » ce qui m'y attache (à la » Religion,) c'eſt qu'elle me rend meilleur & » plus humain... heureuſement elle eſt ſelon » mon cœur. Aimer Dieu, aimer ſes ſembla- » bles ; quoi de plus juſte & de plus natu- » rel ! vouloir du bien à qui nous fait du » mal ; quoi de plus grand, de plus ſubli- » me ! ne voir dans les afflictions que les » épreuves de la vertu ; quoi de plus conſo- » lant pour l'homme ! « eſt-ce donc là ce que Béliſaire appelle une *calamité* ? mon critique l'a-t'il penſé ? vous-même avez vous pu le croire ? s'il y a de l'équivoque, j'ai tort. Mais s'il eſt de toute évidence que la *calamité* dont gémit Béliſaire n'eſt que la perſécution, (*b*) le critique m'a calomnié, &

(*a*) Page 23 du Libelle.

(*b*) Voyez la page 248 du Livre.

& vous avez ſigné une calomnie.

Il me fait dire ailleurs, (*c*) que *la révélation n'a pour objet que des vérités de ſpéculation, & qu'elle n'apprend rien de ce qui eſt néceſſaire pour ſe bien conduire.* Le paſſage que je viens de citer eſt la preuve que j'ai reconnu dans la révélation, la morale la plus ſublime. *Aimer Dieu, aimer ſes ſemblables, vouloir du bien à qui nous fait du mal, ne voir dans les afflictions que les épreuves de la vertu*; voila des vérités révélées qui ne ſont pas aſſurement des vérités de ſpéculation. J'ai dit (*d*) que » les vérités » myſtérieuſes, ou les myſteres révélés, ne » tiennent point à la morale. « Mais les myſteres révélés ne ſont point la révélation dans toute ſon étendue; celle-ci contient des préceptes qui n'ont rien de myſterieux; & je n'ai pas dit de la révélation en général, ce que j'ai dit des myſteres révélés. Cette extention de ma penſée eſt donc une calomnie. Et vous le ſçaviez bien vous, Monſieur, qui m'avez fait par écrit le même reproche, dans les mêmes termes, & à qui j'ai repondu ce que je reponds ici.

Le critique fait dire à Béliſaire : (*e*) *s'il falloit que la Religion me rendit farouche, dur, impitoyable*, (comme elle me rendroit

(*c*) Page 24 du Libelle.
(*d*) Page 243 du Livre.
(*e*) Page 59 du Libelle.

en m'annonçant un Dieu vengeur) *je l'abandonnerois ; & je dirois à Dieu : dans l'alternative fatale d'être incrédule ou méchant jusqu'à te croire un Dieu terrible, je fais le choix qui t'offense le moins.*

Comment n'avez-vous pas vu, Monsieur, que dans cette citation, les deux parenthéses sont deux calomnies ? lorsque dans mon livre (*f*) Justinien dit à Bélisaire : » ce Dieu (que vous voyez si bon) n'en est » pas moins un Dieu terrible ! « Bélisaire lui repond : *terrible aux méchans, je le crois* ! Est-ce là cet homme à qui l'on fait dire, que si la Religion lui annonçoit un Dieu terrible, il l'abandonneroit ? » ce n'est » pas assez, dit l'Empereur, (*g*) de se peindre Dieu bienfaisant ; il faut ajoûter qu'il » est juste ! c'est la même chose, dit le vieillard : *se plaire au bien, hair le mal, recompenser l'un, punir l'autre, c'est être bon* ; je m'en tiens là. « Voilà donc le Dogme des récompenses & des peines bien reconnu par Bélisaire, d'après l'idée même de la bonté de Dieu. Bélisaire croit donc à un Dieu qui punit & qui recompense, parce qu'il est juste & bon. Lui faire dire qu'*il abandonneroit la la Religion si elle annonçoit un Dieu vengeur* ; C'est donc bien une calomnie ? &

(*f*) Page 244 du Livre.
(*g*) Page 235 du Livre.

vous, Monſieur, à qui cette partie de mon livre eſt ſi familiere, vous le ſçaviez tout comme moi.

Béliſaire dit dans mon livre : (*h*) » Dieu » m'a créé foible, il ſera indulgent. Il ſçait » bien que je n'ai ni la folie ni la malice de » vouloir l'offenſer ; c'eſt une rage impuiſ- » ſante & abſurde que je ne conçois même » pas. Je lui ſuis plus fidele encore, & plus » dévoué mille fois que je ne fus jamais à » l'Empereur ; & l'Empereur qui n'eſt qu'un » homme, ne m'eut jamais fait aucun mal, » s'il avoit pu lire comme lui dans mon » cœur. « Le critique tronque ce paſſage, n'en cite que la moitié ; & d'un ſentiment vertueux, perſonnel au héros qui parle ; il fait une maxime générale, pour m'ac- cuſer d'avoir prétendu que Dieu ne doit jamais punir. (*i*) N'eſt-ce point là calomnier ? j'en appelle au Cenſeur lui-même.

Béliſaire dit, en parlant de la révélation & de la conſcience : » c'eſt la même voix » qui ſe fait entendre du haut du Ciel & » du fond de mon ame. Et ſi d'un côté » elle me dit, que *l'homme juſte & bienfai-* » *ſant eſt cher à la Divinité*, de l'autre elle » ne me dit point, qu'il eſt l'objet de ſes » vengeances. « Il eſt bien clair qu'il ne

(*h*) Page 233 & 234.
(*i*) Page 24 du Libelle.

s'agit là que de *l'homme juste ou bienfaisant.* Voici comme le critique a trouvé moyen de rendre ce passage absurde & impie. Si *d'un côté ma raison me dit que l'homme juste & bienfaisant est cher à la Divinité, de l'autre elle ne me dit point que* (le méchant) *est l'objet de ses vengeances.* (*l*) Connoissez-vous, Monsieur, rien de plus hardi que cette falcification? *le méchant* à la place de l'*homme bienfaisant & juste?* Est-ce comme fraude pieuse que vous avez approuvé une infidélité pareille? Quel livre, bon Dieu, ne rendroit-on pas scandaleux & impie, avec cette méthode là!

Je ne m'attache point à rélever bien d'autres critiques de mauvaise foi. Mutilation, altération, transposition des passages pour en dénaturer le sens, on s'est tout permis sans scrupule, & vous avez tout approuvé. Non content de faire de moi un impie, on veut me faire passer pour un mauvais citoyen, pour un sujet séditieux! Non, Monsieur, je ne m'abaisse point à me justifier sur cet article là. Si mes principes sur les devoirs d'un sujet & d'un citoyen sont équivoques, je souscris aux accusations de mon délateur : mais s'il est vrai que dans mon livre, l'obéissance aux loix, la fidélité au Souverain, le dévouement à la

(*l*) Page 60 du Libelle.

Patrie ſont portés jusqu'à l'héroïſme ; s'il eſt vrai que dans aucun ouvrage ces ſentimens n'ont jamais été ni plus clairement ni plus vivement exprimés ; m'accuſer d'avoir voulu inſinuer des maximes toutes contraires , c'eſt la plus infâme de toutes les calomnies , & j'en veux bien prendre pour juge tout lecteur raiſonnable & non paſſionné. L'honnêteté & la vertu ont dans mon livre un caractère que j'oſe croire ineffaçable ; le public l'y a reconnu ; & ſon indignation me vengera de cette infâme délation.

Je conçois , Monſieur , comment un zéle outré , quand il va juſqu'au fanatiſme , peut faire employer ces honteux moyens pour noircir & pour décrier un ennemi de la Religion. Mais je le ne ſuis point ; mais je ne veux point l'être ; le critique le ſçait lui-même & le public ; vous le ſçavez encore mieux que lui. Vous m'êtes témoin que j'ai marqué, non pas *du répentir*, car j'étois ſans reproche ; mais une bonne foi , une docilité que vous avez louée vous-même. Vous m'êtes témoin que j'ai pris pour juge de ma doctrine , & pour guide de ma conduite , un Prelat dont je révére la piété , le zéle & les vertus ; un Prélat qui certainement n'eut pas approuvé comme vous ce libelle calomnieux. Vous avez vu avec quelle confiance je me livrois à cet homme juste; vous l'aviez entendu répondre de ma parfaite soumission à l'autorité de l'Eglise ; il vous avoit chargé vous-même d'en instruire la Faculté; vous l'avez fait : & vous signez un libelle où l'on m'accuse de braver l'autel & le trône! Un libelle à la tête duquel son ténébreux auteur n'ose mettre son nom, vous l'approuvez! vous vous chargez de la honte attachée à cette calomnie! en vérité, Monsieur, plus j'y pense, plus je suis tenté de croire que cet écrit est de la même main que la lettre où l'on m'accusoit d'avoir prêché le Déisme, & de n'avoir *parlé de la révélation & des mysteres de la foi, que pour jetter de la poudre aux yeux.* De cette lettre où l'on m'osoit dire que s'il y avoit *quelque chose d'évident, c'étoit l'intention que j'avois eu de rendre la Religion chrétienne odieuse.* Je ne tirai d'autre vengeance de cette insulte si violente, que de vous faire subir la peine d'en entendre la réponse devant un homme respectable qui avoit droit de nous juger. Vous l'entendîtes sans repliquer un mot; & votre silence me parut être l'effet de la confusion. Mais il cachoit un sentiment qui a couvé au fond de votre ame. Il éclate à la fin ce sentiment profond; & que vous soyez l'auteur du libelle, ou que vous n'en soyez que l'approbateur & le garant, je vois que vous n'êtes pas homme à pardonner l'humiliation d'avoir été confondu. Pour moi, Monſieur, je vous promets d'oublier toutes vos injures. Mais je ne ſçais ſi la Faculté vous pardonnera d'avoir pris ſur vous de juger & de prononcer avant elle. Qu'and il s'agit de charger un homme des plus graves imputations, c'eſt bien aſſez de donner ſa voix ſans s'ériger à ſoi-même un tribunal particulier. Plus l'autorité de votre place vous donne d'influence ſur les opinions, plus vous deviez peſer la vôtre ; & moins vous êtes excuſable de l'avoir haſardée avec ſi peu de ménagement. On croira que l'auteur du libelle & vous, vous avez voulu prévenir, animer, corrompre mes juges ; & quoiqu'il en ſoit, il ſera vrai du moins que vous avez mis peu de prudence & de délicateſſe dans votre procédé. Je ſuis, &c.

P. S. Depuis que cette lettre vous a été communiquée, & que j'ai pris la liberté de vous dire en face mon avis ſur vos procédés ; il paroît, Monſieur, un nouveau libelle par ſupplément au premier. Pour celui-ci, vous n'avez pas eu le courage de le ſigner ; mais il eſt fait d'après la lettre dont vous ſeul aviez pris lecture. J'apprends que l'auteur, eſt un Régent du Collége dont vous êtes Principal ; cela m'explique l'étonnante conformité que je trouvois entre ſa façon de voir & la vôtre. Ce Régent qui me regarde comme un de ses écoliers, & qui a pris la peine de m'expliquer l'art Poëtique d'Horace; veut me chatier aussi d'avoir osé me plaindre de ses falsifications. *Par ménagement*, dit-il, *on n'avoit pas voulu rélever dans Bélisaire deux endroits très répréhensibles au sujet du du Gouvernement*; mais puisque je crie à la calomnie; *on se croit obligé de faire connoitre au public ces deux endroits, afin qu'il juge de la modération dont on avoit usé.*

Voici ces deux endroits que le Public ne connoissoit pas, & que son régent & le mien croit devoir lui *faire connoitre.*

Page 30. Bélisaire tient ce discours au chef des Bulgares. » Vous qui m'invitez à » punir mon Souverain d'avoir été injuste; » donneriez-vous à vos Soldats le droit que » vous m'attribués? le leurs donner, dit le » Bulgare! ils l'ont sans que je leur donne; » mais c'est la crainte qui les retient. Et » nous, dit Bélisaire, c'est la vertu. Et tel est » l'avantage des mœurs d'un Peuple civilisé, » sur les mœurs d'un peuple qui ne l'est » pas. «

Il est certain que le public n'avoit vu, comme moi, dans cette réponse, que le langage d'un sujet fidele. Il ne soupçonnoit pas qu'un guerrier, qui pendant vingt ans a servi son Prince avec un zéle & un dévouement sans exemple; à qui ce Prince ingrat à fait crever les yeux, & qui, réduit à la mendicité, refuse un trône qu'on lui promet s'il veut aider à renverser celui d'un maître aussi injuste ; le public, dis-je, ne soupçonnoit pas, que ce modele de fidélité & de patience, enseignat la révolte & l'infidélité. C'est ce qu'à découvert l'auteur du libelle.

» Le Bulgare, dit-il, avance deux choses: » la premiere, que les soldats ont le droit (de » punir leur Souverain d'avoir été injuste.) La » seconde, que c'est la crainte qui les retient. » Bélisaire, ajoute-il, ne réfute que la pre- » miere partie ; il semble *par là* reconnoitre » *que les peuples civilisés ont ce droit* comme » les peuples barbares. Il se contente de dire que » les peuples civilisés sont retenus par la vertu. «

Ne croiroit-on pas, à l'entendre, que j'ai laissé indécis dans les principes de Bélisaire, le respect dû aux Souverains ? On va voir la mauvaise foi & la noirceur de cette accusation. Trois pages plus haut, dans le même entretien, Bélisaire dit au Bulgare qui lui propose de le venger & de partager avec lui l'Empire. » Il y a long-temps, Seigneur, » que Bélisaire a refusé des couronnes ; Car- » tage & l'Italie m'en ont offert ; j'étois dans » l'âge de l'ambition ; je me voyois déja » persécuté ; je n'en restai pas moins fidele à » mon Prince & à ma Patrie. *Le même devoir* » *qui me lioit, subsiste ; & rien n'a pu m'en* » *dégager.* » Plus bas il dit au Bulgare. Ma vie eſt en vos mains ; » *mais rien ne peut me* » *détacher de mon Souverain légitime;* & ſi, » dans l'état où je ſuis, je pouvois lui être » utile, fut-ce contre vous-même, il ſeroit » auſſi ſûr de moi que dans le temps de » mes proſpérités. » Voilà l'homme que l'on accuſe de faire entendre que les peuples ont le droit de punir leur Souverain, s'il eſt injuſte. Il faut-être bien intrépide pour avancer des calomnies ſi faciles à réfuter.

Le droit de ſe venger ſoi-même eſt encore plus fortement combatu & détruit dans le chapitre ſuivant. Et de quel droit me vengerois-tu? (dit Béliſaire, en parlant à un jeune fanatique.) » Eſt-ce moi qui te l'ai » donné ce droit que je n'ai pas moi-même? » veux-tu l'uſurper ſur les loix? . . ah! bon » jeune homme, veux-tu rendre odieux le » ſentiment que j'ai pu t'inſpirer? feras-tu » déteſter cette pitié ſi tendre? au nom de » de la vertu que tu chéris, je te conjure de » ne pas la déshonorer. Qu'il ne ſoit pas dit, » que ſon zele ait armé & conduit la main » d'un furieux. J'obéis à ma deſtinée. Ne » crois pas mieux ſçavoir que Béliſaire ce » qui eſt honnête & légitime. Si tu te ſens » le courage de braver la mort, *garde cette* » *vertu pour ton Prince & ton pays* . . . mes » ennemis ſont les Scythes, les Huns, les » Bulgares, les Eſclavons, les Perſes, *tous les* » *ennemis de l'Etat.* Page 41 & ſuivantes. «

J'ai mis cent fois les mêmes ſentimens dans la bouche de Béliſaire ; & il n'y a, j'oſe le dire, qu'un méchant bien mal adroit, qui ait pu, pour me calomnier, m'attaquer de ce côté là.

Je ne dirai rien de l'idée quil veut que j'attache *à la vertu*, d'après ce qu'il appelle *les Ecrivains du haut ſtile.* La vertu dans la bouche de Béliſaire n'eſt pas un terme équivoque ; & les Ecrivains du bas ſtile devroient apprendre à la connoître, & ſur-tout à la reſpecter.

Voyons ſi le critique à été plus heureux dans le choix du ſecond paſſage. Béliſaire en parlant du ſeul moyen qu'avoient les Empereurs de garder d'immenſes conquêtes, & de s'attacher les Peuples vaincus en les rendant heureux, dit à Juſtinien. » Croyez » que les hommes ſçavent ce qui leur man- » que, & ce qui leur eſt dû ; qu'ils ne feroient » pas inſenſibles aux ſoins qu'un Prince » bienfaiſant prendroit de ſoulager leurs » peines ; & que l'amour qu'il leur témoi- » gneroit ſeroit payé par leur amour. Qu'il » n'emploie à regner ſous lui, que des » hommes dignes de le ſeconder ; qu'il » veille en pere ſur ſes enfans ; je lui réponds » qu'ils ſeront dociles. Et par quel preſtige » voulez-vous que quelques mécontens, » quelques ſéditieux faſſent d'un peuple » fortuné, un peuple parjure & rebelle ?

» C'eſt à un Prince qui laiſſe gémir ſes ſujets » dans l'oppreſſion, à craindre qu'ils ne » l'abandonnent. Mais celui qu'on ſçait » occupé du repos & du bonheur des ſiens, » n'a point d'uſurpateur à craindre. Eſt-ce » en entendant célébrer ſes vertus, publier » ſes bienfaits, qu'on oſera troubler ſon » regne ? Eſt-ce dans les Campagnes où » regneront l'aiſance, le calme & la liberté; » dans les Villes où l'induſtrie & la fortune » des Citoyens, leur état, leurs droits & » leur vie ſeront ſous la garde des Loix; dans » les familles où l'innocence, l'honneur, la » la ſainteté des mœurs, de l'hymen & de » la nature auront un aſyle ſacré; eſt-ce » là, dis-je, que les rébelles iront chercher » des partiſans ? non, ſi l'empire de la » Juſtice n'eſt pas inébranlable, rien ne l'eſt » ſur la terre. Je ſuppoſe avec vous cepen- » dant, qu'il y ait du riſque & de l'audace à » rendre ſes ſujets puiſſants pour les ren- » dre heureux & tranquilles; c'eſt cette au- » dace que j'aurois, dût-elle entraîner ma » ruine. Et je leur dirois hautement. (*m*) » *Je vous mets à tous les armes à la main* » *pour me ſervir ſi je ſuis juſte, & pour* » *me réſiſter ſi je ne le ſuis pas. Vous me* » *trouverez bien téméraire ; mais je me* » *croirois bien prudent de m'aſſurer ainſi*

(*m*) Je rapporte ce que l'Auteur du Libelle a cité.

» *à moi-même & aux miens un frein contre*
» *nos passions, & sur-tout une digue contre celle des autres. Avec ma Couronne & au-dessus d'elle, je transmettrois à mes successeurs la nécessité d'être justes ; & ce seroit pour ma mémoire, le monument le le plus glorieux qu'un Monarque ait jamais laissé. Je sçais que la vertu n'a pas besoin du frein de la crainte ; mais quel est l'homme sûr d'être vertueux à tous les instants de sa vie ?* un Prince est au-dessus des Loix : vos Loix le disent (*n*) & cela doit être ; mais ce seroit la premiere chose que j'oublierois en montant sur le Trône ; & malheur au flatteur infâme qui m'en feroit souvenir.

Ces dernieres paroles que le Critique s'est bien gardé de citer, prouvent évidemment que le langage que je fais tenir à Bélisaire, ne porte aucune atteinte à l'indépendance d'un Souverain, & qu'il n'exprime que le désistement du droit de se faire obéir, lors-même qu'il seroit injuste. Ce désistement généreux est pris par le Critique pour un prétexte que je donne à la révolte, & pour l'effet d'un enthousiasme qui veut renchérir, dit-il, sur celui des *Aretius*. Mais il devroit sçavoir que le langage qu'il condamne dans la bouche de Bélisaire, est pres-

(*n*) Princeps legibus solutus est. *Pand. Liv. I. Tit. 3.*

que à la Lettre celui que Trajan tint lui-même au Chef de la Milice Prétorienne, en lui remettant le Javelot qui étoit la marque de sa dignité. *Pour vous en servir,* lui dit-il, *contre moi, si j'abusè de mon pouvoir.* Etoit-ce l'esprit de révolte que Trajan vouloit exciter ? croyoit-t'il par-là déroger à sa grandeur, à sa puissance, à son autorité suprême ? Trajan sçavoit un peu mieux qu'un Régent de Collége ce qui étoit digne de la majesté impériale, & il ne craignit pas de la compromettre en parlant ainsi à l'un de ses Sujets. Que ce Régent étudie l'Histoire, qu'il ne se mêle pas d'enseigner la Logique & qu'il se dispense surtout d'apprendre à ses écoliers à falsifier au besoin les pieces d'un procès injuste ; cela seroit d'une conséquence dangéreuse dans le monde, où le simple mensonge est une lâcheté.

Je l'ai assez bien convaincu, ce me semble, d'avoir falsifié les passages de mon livre; vous l'en avez averti ; & voici comment il s'en est corrigé. On vient de voir qu'au mot *calamité*, il avoit mis pour Note, *la Religion.* Vous lui avez dit que dans ma Lettre, je démontrois que c'étoit une calomnie, & que la calamité dont gémissoit Bélisaire n'étoit que la persécution. Il a donc changé cette Note dans le Supplément, & il a dit à la Note de la page 23. » *Lisez*

» *la Religion des Chrétiens*, que Bélisaire » annonce comme une calamité affligeante, » parce qu'elle est intolérante. « Mais c'est encore une calomnie, & plus formelle que la premiere. La Religion Chrétienne est intolérante d'une intolérance théologique; c'est-à-dire, qu'elle exclut de son sein & de la participation de ses Mysteres, ceux qui refusent de croire ce qu'elle enseigne. Mais en aucun endroit de mon Livre Bélisaire ne condamne cette espece d'intolerance; l'intolérance contre laquelle il s'éleve, est l'intolérance Civile, celle qui emploie le fer & le feu à contraindre les esprits. Et par-tout Bélisaire soutient que ce n'est pas ainsi que sa Religion, *la Religion Chrétienne*, est intolérante. Il est donc bien faux que la calamité dont il parle, *soit la Religion des Chrétiens*. C'est *le fanatisme persécuteur* qu'il appelle une calamité; & c'étoit ainsi qu'il falloit corriger la Note du Libelle.

On a vu qu'en citant ce passage de mon Livre: C'est la même voix qui se fait entendre du haut du Ciel & du fond de mon ame &c. Le Critique y a mis le *méchant* à la place de l'*homme bienfaisant & juste*. Je donne à deviner comment il essaie de pallier cette falsification. Il dit que je parle des Héros Payens, & que tous ces gens là, sçavoir les Titus, les Trajans, les Antonins, les Aristides, les Catons sont des méchans aux yeux de la Religion & même au tribunal d'une raiſon ſaine & éclairée. Voilà quel eſt ſon ſubterfuge. Mais encore falloit-il citer fidélement le Texte de mon Livre ; ne pas mettre le *méchant* à la place de l'*homme bienfaiſant & juſte*, & ſe contenter d'obſerver que ceux que j'appellois ainſi, comme les Catons, les Titus, les Trajans, les Antonins, les Ariſtides, étoient des méchans ; & que l'Univers qui, depuis tant de ſiécles, vante & honore leurs vertus, ne jouit pas d'une raiſon ſaine.

Le Critique ne croit pas en avoir aſſez dit pour me convaincre d'être un mauvais Citoyen ; il tâche de prouver encore que j'ai nié l'éternité des peines, & que je ne veux pas que les méchans ſoient l'objet éternel des vengeances Divines. Ce *ſentiment*, dit-il, *contre lequel les Magiſtrats doivent s'élever, eſt cependant l'opinion que Béliſaire s'offre d'accréditer.* Voici comment cet honnête homme fonde cette délation.

Béliſaire, dit-il, veut ſe repréſenter ſeulement *comme bon* le Dieu qu'il doit adorer. Il s'en tient là.

Liſez le paſſage du Livre. » Ce n'eſt pas » aſſez, dit Juſtinien de ſe peindre Dieu bien- » faiſant, il faut ajoûter qu'il eſt juſte. C'eſt » la même choſe, dit le Vieillard : *ſe plaire* » *au bien, haïr le mal, récompenſer l'un,* » *punir l'autre, c'eſt être bon* : je m'en

» tiens là. « Eſt-ce là cette bonté qui exclut, ſelon le Critique, la punition des méchans? Ne doit-on pas mourir de honte lorſque ſur les accuſations les plus graves on eſt ſi évidemment convaincu de menſonge & de fauſſeté?

» Béliſaire, ajoute le Critique, ne veut » voir en Dieu que ce qu'il doit imiter; & » comme il ne doit pas imiter la vengeance » Divine, il ne veut pas la voir en Dieu. » Ce feroit, ſelon lui, faire violent & colere, » comme les hommes, le Dieu bon.

Aſſurément le *Dieu bon* n'eſt ni violent ni colere. Il eſt inaltérable; mais il eſt juſte, & Béliſaire reconnoît *qu'il eſt terrible aux méchans*. Il ne veut voir en lui que ce qu'il doit imiter; mais il voit en lui le droit de punir & de ſe venger, droit que Béliſaire n'a pas de même. Or être juſte, c'eſt uſer du droit que l'on a, ſans uſurper le droit que l'on n'a pas. Si donc l'homme s'arroge le droit de la vengeance que Dieu s'eſt réſervée, il eſt injuſte, & il n'imite point celui qui eſt la juſtice même. Voilà le ſens de ces paroles que le Critique avec un ſophiſme auroit voulu empoiſonner.

» Une Religion qui m'annonce, dit Bé- » liſaire, un Dieu propice & bienfaiſant, eſt » la bonne; & tout ce qui répugne à l'idée & au ſentiment que j'en ai conçu, n'eſt pas » de cette Religion. »

» Or, dit le Critique, l'éternité des pei-
» nes, les feux de l'enfer répugnent au sen-
» timent qu'il a conçu d'un Dieu qui ne pu-
» niroit qu'autant qu'il ne pourroit pardon-
» ner, de qui le mal ne vient point, qui a
» fait au monde tout le bien qu'il a pu, & que
» l'homme doit se peindre sous les traits les
» plus doux. Aussi se contente-il de dire, que
» les méchans ne seront point là dans la Cour
» Céleste . . . . . . il ne dit point qu'ils seront
» punis . . . . . donc Bélisaire n'admet point
» l'éternité des peines. «

Je demande en quel endroit de mon Livre il est dit que les peines de l'enfer répugnent à la bonté de Dieu ? Bélisaire dit que les méchans ne seront point dans le Ciel ; donc il nie qu'ils soient en enfer ; donc il n'admet point les peines éternelles. Bélisaire dit que le mal ne vient point de Dieu ; donc il n'admet point la peine du péché qui vient de l'homme & du péché même. Bélisaire croit qu'un Dieu infiniment bon ne punit qu'autant qu'il ne peut pardonner ; donc il ne punira point les méchans que sa justice condamne. Voilà comment à raisonné ce Critique judicieux. Je me lasse de relever des absurdités. Ce Libelle en est un tissu. Partout on y voit l'étourdissement d'un homme acharné à me nuire. Et il ose encore se couvrir du manteau d'un zele pieux ! Qu'il apprenne que le vrai zéle ordonne de combattre l'erreur où elle eſt, mais qu'il deffend de la ſuppoſer, de l'inſérer où elle n'eſt pas; que ſon vrai caractere eſt d'être charitable, & qu'il y a peu de charité à gliſſer du poiſon dans mon Livre, pour ſe donner le plaiſir de me dénoncer comme empoiſonneur.

PIÈCES
RELATIVES
A BÉLISAIRE.

QUATRIÉME CAHIER.

A GENEVE.

M. DCC. LXVII.

LES XXXVII VÉRITÉS
OPPOSÉES
AUX XXXVII IMPIÉTÉS
DE BÉLISAIRE,
PAR UN BACHELIER UBIQUISTE.

Beatus vir qui non abiit in consilio impiorum. . . . & in cathedra derisorum non sedit.

Heureux l'Homme qui n'est point entré dans le conseil des impies. . . & qui ne s'est point assis dans la Chaire des mocqueurs. Ps. 1. ℣. 1.

AVIS AU LECTEUR.

EN produisant ce petit ouvrage au grand jour, je me propose deux choses. La premiere, de témoigner ma reconnoissance aux illustres Docteurs qui, dévoilant par leurs savantes recherches, le venin caché, & par là, plus dangereux du livre de Bélisaire, m'ont arrêté sur le bord du précipice où j'étois prêt à me jetter tête baissée. La seconde est de répandre, autant qu'il est en moi, les saintes lumieres que j'ai recueillies, en méditant profondément leur projet de Censure, & de contribuer, *pro modulo meo*, à l'édification publique.

J'avoue, à ma honte, que ce mauvais Livre m'avoit séduit, au point de m'être applaudi plus d'une fois en le lisant, de ce que je retrouvois en moi les sentimens que Bélisaire exprimoit; de ce que ses discours ne me paroissoient qu'un développement de ces leçons primitives de morale & de vertu gravées dans mon propre cœur en caractéres ineffaçables : je croyois entendre la voix de la nature; & je ne m'appercevois pas que, plus je l'écoutois, plus mon oreille s'endurcissoit à la voix de la grace.

Je me dois cependant ce témoignage : le précieux flambeau de la Foi, quoiqu'obscurci, n'étoit pas tout-à-fait éteint dans mon ame: j'avois vû avec beaucoup de peine l'Auteur de Bélisaire placer si témérairement dans le Ciel plusieurs Payens célébres par leurs vertus & par leur bienfaisance : ces propositions à ce sujet m'avoient paru hasardées, inexactes, absolument contraires aux vrais principes, & horriblement dures pour toute oreille Théologique. J'en étois sincérement affligé; je blâmois l'Auteur, mais en même tems cet esprit d'indulgence que j'avois puisé dans la lecture de son Ouvrage, m'avoit porté à l'excuser.

Je considérois que plusieurs Théologiens, Cordeliers, Jésuites & même Jacobins, ont soutenu que ceux des Payens, qui, étant dans l'ignorance invincible de la Religion révélée, ont cherché de bonne foi la vérité & pratiqué les devoirs de la loi naturelle, ont pu trouver grace devant la bonté divine; qu'au défaut d'une Foi *explicite & formelle* dans les mérites de N. S. J. C. ils ont pu avoir une Foi *implicite & virtuelle*, exactement semblable à celle d'un enfant baptisé au moment de sa naissance, & qui meurt une minute après. Personne ne doute que cet enfant n'ait le dégré de Foi nécessaire pour être sauvé : en conclure, comme a fait l'Auteur de Bélisaire, que Dieu verra d'un œil aussi favorable un homme qui, parmi les orages des passions, au milieu des tentations d'une longue vie, aura conservé, par l'usage courageux de sa liberté, cette innocence que l'enfant est dans l'heureuse impuissance de perdre; c'est raisonner pitoyablement, je le sais bien, c'est ne pas connoître l'efficacité des eaux saintes du Baptême.

L'Auteur a encore, je le sais, une autre tort bien plus grand; c'est d'avoir nommé par leurs noms, les Payens qu'il a mis au nombre des Elus : les Théologiens les plus relâchés ne se sont point donné cette liberté qui a de grands inconvéniens; car il faudroit connoître un homme bien à fond pour répondre de son salut; & s'il est vrai qu'il n'y a guere de Héros pour leurs valets de chambre, on peut croire qu'il y a encore moins de Saints.

D'ailleurs, si le droit de canoniser les Catholiques est réservé au Pape seul, quelle témérité n'est-ce pas à un homme du monde de canoniser des Payens de son autorité privée? Cette hardiesse ne seroit pas tolérable, quand il ne s'agiroit que de Payens morts avant la prédication de l'Evangile; mais sauver des Payens morts depuis la venue de J. C. des Titus, des Antonins, cela révolte; c'est comme si on sauvoit aujourd'hui l'Empereur de la Chine ou le grand Turc.

Tout cela est incontestable, ou il faut brûler nos Livres; mais, comme je l'ai déjà dit, en condamnant la doctrine, j'excusois l'intention de l'Auteur: après tout, me disois-je, entre les opinions des Théologiens favorables à l'ignorance invincible, & les erreurs de Bélisaire, la différence n'est guere que du plus au moins; pour distinguer sûrement dans ces matieres, ce qui est permis de ce qui ne l'est pas; pour fixer, entre ces nuances & ces dégradations imperceptibles d'opinions, la ligne indivisible qui sépare la Foi de l'hérésie; il faut une certaine finesse de dialectique que l'habitude donne & que tout le monde n'a pas: nous autres, qui nous sommes exercés long-temps sur les bancs à cette précision délicate, nous nous tirons à merveille de toutes ces difficultés; mais on rencontre journellement dans la société des gens d'ailleurs très-instruits, remplis d'esprit & de bon fens, qui ne comprennent rien à nos explications ; doit-on donc juger l'erreur d'un pauvre Laïque avec autant de févérité qu'on jugeroit celle d'un Docteur ? non fans doute, me difois-je ; & telles étoient mes difpofitions, lorfque j'appris le fcandale qu'excitoit dans la faculté ce malheureux Livre, dans lequel les yeux de nos fages Maîtres ont fu voir le Déifme tout pur.

On peut imaginer combien je fus humilié de n'y avoir vû qu'une fimple inexactitude théologique fur le falut des Payens : je frémis & je fentis combien un jeune Bachelier doit fe défier de fes propres lumieres : je me hâtai de relire l'Ouvrage pour tâcher d'y reconnoître le poifon qui m'avoit échappé ; mais quel fut mon étonnement, d'éprouver à la feconde lecture la même impreffion qu'à la premiere ! Je favois, à n'en pouvoir douter, que le Livre, à le prendre *in globo*, étoit rempli de principes affreux ; & prefque toutes les maximes prifes en détail m'en paroiffoient refpectables : en penfant que ce que mon cœur approuvoit le plus, étoit peut-être ce qu'il y avoit de plus condamnable, j'étois (pour me fervir de la belle comparaifon employée par le grand Archevêque à qui nous devons Marie Alacoq) j'étois femblable à un homme placé devant une table couverte de mets délicieux, & qui, fachant que plufieurs de ces mets font empoifonnés, fans pouvoir les difcerner, eft combattu entre la crainte & le defir.

Je crois que je ferois tombé dans le défefpoir, fi un de mes amis ne m'avoit pas procuré l'imprimé des XXXVII Propofitions extraites de Bélifaire par les Commiffaires de la Faculté : à la voix de nos Maîtres, mes perpléxités fe font diffipées, & mon efprit s'eft fenti tout à coup éclairé comme par la flamme du bucher le plus lumineux. (*a*)

En lifant, en étudiant ce choix de propofitions jugées dignes de la Cenfure, j'ai connu les erreurs que je devois détefter, & par une conféquence néceffaire, les vérités que je devois croire & chérir. Enfant docile de la facrée Faculté, foumis de cœur & d'efprit aux précieufes inftructions de cette bonne mere, j'ai cherché à m'en pénétrer de plus en plus, en me développant à moi-même la chaîne des vérités oppofées aux erreurs qu'elle m'a fait connoître ; & c'eft dans cette vue, que j'ai rédigé l'Ecrit que je donne au Public. Je me flatte qu'on y reconnoîtra l'efprit qui a dirigé le choix des propofitions trouvées repréhenfibles.

Il eft fâcheux que la forme oratoire de plufieurs de ces Propofitions, ait rarement

(*a*) Voyez plus bas, Prop. XXXIV.

permis d'y opposer des contradictoires énoncés dans la forme logique & rigoureuse. Parmi les XXXVII propositions, il y en a de fort composées qui renferment d'autres propositions incidentes, ou des suppositions, soit expresses, soit tacites; il n'est pas toujours facile de démêler ce qu'il y a de véritablement repréhensible dans ce bloc de propositions, & la vérité précise qui doit résulter de la condamnation. J'ai fait de mon mieux pour saisir le vrai but des Docteurs : J'ai été obligé de me livrer à quelques explications; j'ai quelque fois, dans le doute, envisagé les propositions dans tous les sens possibles, ce qui m'a donné plusieurs contradictoires très différents, entre lesquelles le Lecteur choisira, s'il n'aime mieux, ce qui est peut-être le plus sage, se contenter de croire *implicitement* qu'il y en a une de vraie, en attendant patiemment que la Faculté ait révélé celle à laquelle il faudra donner une croyance *explicite*.

Je regrette de n'avoir pu, quelques efforts que j'aie faits, éclaircir également tous les points de doctrine qui doivent résulter de la Censure de Bélisaire; mais je proteste que j'ai fait, pour y parvenir, tout ce qui a dépendu de moi. Après tout, je n'ai pas dû m'arroger ce qui ne m'appartient pas, il ne convient point à mon âge de décider ce que nos sages Maîtres ont laissé indécis, & mes lumieres ſont trop inférieures aux leurs, pour me flatter de deviner toujours le véritable objet de leur improbation.

Au reſte, ces légéres incertitudes ſont des bagatelles, & il n'en réſulte pas moins, de la comparaiſon des propoſitions de Béliſaire & des propoſitions oppoſées, un corps de vérités bien lumineuſes, bien conſolantes, bien capables de faire aimer la Religion & de ramener les incrédules modernes au joug de la Foi : je m'eſtimerai heureux, ſi en coopérant à une œuvre ſi ſainte, je puis me montrer un digne Bachelier, & mériter de parvenir un jour aux ſuprêmes honneurs du bonnet : j'entends le bonnet de DOCTEUR.

IMPIÉTÉS DE BÉLISAIRE.

Indiculus propositionum excerptarum ex libro cui titulus, Bélisaire.

De indifferentiâ omnium Religionum circà salutem.

VÉRITÉS
OPPOSÉES
AUX ERREURS DE BÉLISAIRE.

De l'indifférence des Religions par rapport au Salut.

OBSERVATION.

Ce n'est pas sans de bonnes raisons que les Docteurs ont compris sous ce titre les seize premieres Propositions extraites de Bélisaire, & qu'ils l'ont préféré à celui-ci qui se présentoit comme sous la main : Du salut des Payens qui ont observé la loi naturelle. *Ce dernier titre auroit rappellé les opinions un peu adoucies de quelques Théologiens peut-être trop relâchés, mais qu'on a cependant regardés comme Catholiques ; or quoique les personnes versées dans la Théologie voyent très nettement la différence de ces opinions & de celles de Bélisaire, les gens*

PRIMA PROPOSITIO.

DIEU nous a donné deux guides qui doivent être d'accord ensemble, la lumiere de la Foi, & celle du sentiment. Ce qu'un sentiment naturel & irrésistible nous assure, la Foi ne peut le désavouer .... C'est la même voix qui se fait entendre du haut du Ciel & du fond de mon ame. Il n'est pas possible qu'elle se démente; & si d'un côté j'entends me dire, que l'homme juste & bienfaisant est cher à la divinité, de l'autre elle ne me dit pas qu'il est l'objet de ses vengeances.

II. & qui vous répond, dit l'Empereur, que cette voix qui parle à votre cœur soit une révélation secrette? Si elle ne l'est pas Dieu me trompe, dit Bélisaire, & tout est perdu. C'est elle qui m'annonce un Dieu, elle qui m'en prescrit le culte, elle qui me dicte sa loi. Auroit-il donné l'ascendant irrésistible de l'évidence à ce qui ne seroit qu'une erreur?

du monde auroient pu ne la pas ſaiſir auſſi bien & trouver l'Auteur excuſable ; au lieu que le titre que les Docteurs ont choiſi, préſente tout d'un coup les ſentimens de M. Marmontel ſous le jour le plus odieux : c'eſt un avantage qui n'étoit pas à négliger pour la bonne cauſe.

PREMIERE PROPOSITION.

DIEU nous a donné deux guides qui peuvent n'être pas d'accord enſemble, la lumiere de la Foi, & celle du ſentiment. Ce qu'un ſentiment naturel & irréſiſtible nous aſſure, la Foi peut le déſavouer. . . . Ce n'eſt pas la même voix qui ſe fait entendre du haut du Ciel & du fond de mon ame : il eſt poſſible que l'une démente l'autre ; & que tandis que l'une me dit d'un côté, que l'homme juſte & bienfaiſant eſt cher à la divinité, l'autre me diſe que l'homme juſte & bienfaiſant eſt l'objet de ſes vengeances.

II. Rien ne nous répond que cette voix qui parle à notre cœur (*la raiſon*) ſoit une révélation ſecrete : elle peut ne l'être pas ſans que Dieu nous trompe & que tout ſoit perdu. Ce n'eſt point la raiſon qui nous annonce un Dieu, qui nous en preſcrit le culte, qui nous dicte ſa loi. . . . . N'a-t'il pas pu donner l'aſcendant irréſiſtible de l'évidence à ce qui ne ſeroit qu'une erreur ?

III. Que vous fait-elle donc voir ſi clairement, reprit Juſtinien, cette lueur foible & trompeuſe ? Qu'une Religion qui m'annonce un Dieu propice & bienfaiſant eſt la vraie, dit Béliſaire, & que tout ce qui répugne à l'idée & au ſentiment que j'en ai conçu, n'eſt pas de cette Religion.

IV. La révélation n'eſt que le ſupplément de la conſcience.

V. Je reconnois, dit Béliſaire, qu'il y a des vérités qui intéreſſent les mœurs; mais obſervez que Dieu en a fait des vérités de ſentiment, dont aucun homme ſenſé ne doute.

VI. Les vérités myſtérieuſes qui ont beſoin d'être révélées, ne tiennent point à la morale. Examinez-les bien : Dieu les a détachées de la chaîne de nos devoirs, afin que, ſans la révélation, il y eut par-tout d'honnêtes gens.

VII. Qu'on me propoſe des myſteres inconcevables, je m'y ſoumets ; & je plains ceux dont la raiſon eſt moins éclairée ou moins docile que la mienne : mais j'eſpére

III. La lueur foible & trompeuse de la raison ne nous fait point voir clairement qu'une Religion qui nous annonce un Dieu propice & bienfaisant, soit la vraie, & que des opinions qui répugnent à l'idée & au sentiment que nous avons de ce Dieu bienfaisant, ne soient pas de cette Religion.

IV. La révélation est toute autre chose que le supplément de la conscience ; car suppléer simplement à la conscience, ce seroit ajoûter simplement les vérités révélées à celles dont la conscience nous instruit, sans rien enseigner de contraire à celles-ci ; or la révélation fait toute autre chose, comme chacun sait.

V. Les vérités qui intéressent les mœurs ne sont point des vérités de sentiment ; & on trouve des gens sensés qui en doutent.

VI. Les vérités mystérieuses & qui ont besoin d'être révelées (comme la Trinité, l'Incarnation, la Transsubstantiation) tiennent à la Morale. Examinez-les bien, & vous verrez que Dieu y a lié la chaîne de nos devoirs, afin que, sans la révélation, il n'y eut nulle part d'honnêtes gens.

VII. Quand on propose des mysteres inconcevables, c'est fort bien fait de s'y soumettre ; mais il ne faut pas s'en tenir à plaindre ceux dont la raison est moins éclai-

pour eux en la bonté d'un Pere dont tous les hommes sont les enfans, & en la clémence d'un Juge qui peut faire grace à l'erreur.

VIII. La Cour de celui qui m'attend, sera infiniment plus auguste & plus belle (*que celle des Titus, des Trajan, & des Antonins.*) Elle sera composée de ces Titus, de ces Trajans, de ces Antonins qui ont fait les délices du monde. C'est avec eux & tous les gens de bien de tous les pays & de tous les âges, que le pauvre aveugle Bélisaire se trouvera devant le Trône de Dieu juste & bon.

IX. Vous espérez trouver, dit-il (*l'Empereur*) à Bélisaire, les Héros payens dans le Ciel! y pensez-vous? Ecoutez, mon voisin, dit Bélisaire.... Je ne puis me résoudre à croire qu'entre mon ame & celle d'Aristide, de Marc-Aurele & de Caton, il y ait un éternel abyme; & si je le croyois, je sens que j'en aimerois moins l'Être excellent qui nous a faits.

rée & moins docile que la nôtre ; il ne faut point espérer pour eux en la bonté d'un Pere dont tous les hommes sont les enfans : il ne faut point croire que Dieu soit un Juge clément qui fait grace à l'erreur.

VIII. Les Titus, les Trajans, les Antonins qui ont fait les délices du monde, seront damnés éternellement ; & les gens de bien de certains siecles & de certains pays ne se trouveront point devant le Trône du Dieu juste & bon.

IX. Bélisaire ne devoit avoir aucune peine à croire qu'entre son ame & celle d'Aristide, de Marc-Aurele & de Caton, il y eut un éternel abyme : cette croyance ne devoit point diminuer l'idée qu'il avoit de la bonté du Créateur.

(*In Nota infrà paginam ad hæc verba :* les Héros payens dans le Ciel , *Legitur.*

Les Peres de l'Eglise ont décidé que Dieu feroit un miracle plutôt que de laisser mourir hors de la voie du Salut celui qui auroit fidélement suivi la Loi naturelle. Mais on sait que Justinien étoit Fanatique & persécuteur.

(*Et in additione ad hanc notam in calce operis additâ habetur.*

Suarès & presque tous les Auteurs de son

tems, enseignent que la connoissance implicite des vérités mystérieuses de la Religion Chrétienne suffit, pour le salut, aux personnes qui sont dans l'impossibilité de les connoître distinctement; qu'il suffit dans ce cas, de connoître & de croire d'une véritable Foi *l'existence de Dieu & sa Providence*; *& d'observer fidélement la Loi naturelle.*

Ce sentiment n'a jamais été condamné par l'Eglise; & les Auteurs qui le combattent, comme Sylvius, Habert, *&c.* ne le rejettent que comme moins probable.

Innocent XI & le Clergé de France dans l'Assemblée de 1700, n'ont donné aucune atteinte à ce sentiment de Suarès. La plus saine partie des Théologiens s'accordent à dire que les Infidéles, dont l'erreur est de bonne foi, peuvent, avec des graces surnaturelles que Dieu leur accorde, observer la Loi naturelle; & que s'ils le font, Dieu ne permettra jamais qu'ils meurent sans la connoissance des vérités nécessaires au Salut.

S. Thomas dans son Commentaire sur le livre des Sentences, se propose la difficulté des Incrédules :

Nullus damnatur in hoc quod vitare non potest : sed aliquis natus in silvis, vel inter Infideles, non potest distinctè de fidei articulis cogitationem habere : ergò non damnatur ; & tamen non habet fidem explicitam : ergò videtur quod explicatio fidei non sit de

X. J'espére y voir, (*devant le Trône du Dieu juste & bon*) ajouta-t'il, l'auguste & malheureux vieillard qui m'a privé de la lumiere : car il a fait du bien & il l'a fait par goût ; & s'il a fait du mal, il l'a fait par surprise.

necessitate Salutis. Voici sa réponse. *In eis quæ sunt necessaria ad salutem, nunquam Deus Homini quærenti suam salutem deest, vel defuit, nisi ex culpâ suâ remaneat: unde explicatio eorum quæ sunt de necessitate salutis, vel divinitùs homini provideretur per prædicationem fidei, sicut patet de Cornelio; vel per revelationem (intimam) quâ suppositâ, in potestate est liberi arbitrii ut in actum fidei erumpat.* Distinct. 25. Quest. 2. Art. I.

X. Bélisaire ne devoit point espérer de voir Justinien dans le Ciel encore qu'il eut fait le bien par goût & le mal par surprise; *ou peut être (car les Docteurs n'ont pas expliqué si Bélisaire s'est trompé dans le droit ou dans le fait) peut-être* cet Empereur avoit fait le mal par goût & le bien par surprise; *peut-être* avoit-il fait le bien sans goût & le mal sans surprise; *peut-être* n'avoit-il point fait de bien du tout.

Cette proposition est une de celles dont il est le plus difficile de démêler le venin. Dans son sens apparent elle ne présente autre chose, sinon que Bélisaire espère que Justinien sera sauvé malgré le mal qu'il lui a fait, & cela paroit un sentiment de charité louable: on est même porté assez naturellement à croire que s'il n'est pas permis de placer nommément un Prince payen dans le Ciel, il ne l'est pas davantage de damner nommément un Prince Chrétien; du moins cette contre-

XI. Par-là, reprit Justinien, vous allez sauver bien du monde! est-il besoin, dit Bélisaire, qu'il y ait tant de réprouvés?

XII. Vous vous faites, dit l'Empereur, une Religion bien douce! & c'est la bonne, reprit Bélisaire. Ne voulez-vous pas que je me représente le Dieu que je dois adorer comme un Tyran triste & farouche qui ne demande qu'à punir? je sais bien que lorsque des Hommes jaloux, superbes, mélancoliques nous le représentent, ils le font colere & violent comme eux: mais ils ont beau lui attribuer leurs vices, je tâche moi de ne voir en lui que ce que je dois imiter. Si je me trompe, au moins suis-je assuré que mon erreur est innocente.

partie de la canonisation n'a pas encore été mise en usage dans l'Eglise.

Ces réflexions m'ont fait penser qu'il se pourroit que, suivant les Docteurs, le tort de Bélisaire ne fut pas d'avoir espéré le Salut de Justinien, mais de n'en avoir pas été sûr, parce qu'en effet Bélisaire devoit penser que le Péché qu'avoit commis cet Empereur, en lui faisant crever injustement les yeux, étoit expié surabondamment par les supplices qu'il avoit fait souffrir aux Hérétiques pour les convertir. Un Prince aussi zélé ne pouvoit jamais être damné suivant ce beau mot de l'Apôtre S. Pierre : LA CHARITÉ COUVRE LA MULTITUDE DES PÉCHÉS. *Je soumets respectueusement cette conjecture à la décision du* prima mensis.

XI. Il faut bien se garder de sauver tant de monde ; il est fort bon qu'il y ait beaucoup de réprouvés.

XII Une Religion douce n'est point du tout la bonne : pourquoi ne pas se représenter le Dieu que l'on doit adorer comme un Tyran triste & farouche qui ne demande qu'à punir ? Quand des Hommes jaloux, superbes, mélancoliques le représentent colere & violent comme eux, & qu'ils lui attribuent leurs vices, ils font fort bien ; mais on a grand tort de ne voir en lui que ce qu'on doit imiter : c'est une erreur scandaleuse & très criminelle.

XIII. Moi, dit Bélisaire, je suis certain qu'il ne punit qu'autant qu'il ne peut pardonner; que le mal ne vient point de lui, & qu'il a fait au monde tout le bien qu'il a pu. (*& in notâ infrà paginam*) on attribue ici à Bélisaire l'opinion des Stoïciens adoptée par Leibnitz & par tous les Optimistes.

XIV. Ce qui m'y attache, (*à la Religion*) c'est qu'elle me rend meilleur & plus humain. S'il falloit qu'elle me rendit farouche, dur, impitoyable, je l'abandonnerois, & je dirois à Dieu, dans l'alternative fatale d'être incrédule ou méchant, je fais le choix qui t'offense le moins. Heureusement elle est selon mon cœur. Aimer Dieu & ses semblables, quoi de plus simple & de plus naturel! vouloir du bien à qui nous fait du mal, quoi de plus grand, de plus sublime! ne voir dans les afflictions que les épreuves de la vertu, quoi de plus consolant pour l'homme!

XIII. Il n'eſt point certain que Dieu ne puniſſe ; qu'autant qu'il ne peut pardonner que le mal ne vienne point de lui, & qu'il ait fait au monde tout le bien qu'il a pu.

XIV. Si la Religion rend meilleur & plus humain, ce n'eſt point là ce qui doit nous y attacher : il faudroit y tenir auſſi fortement quand elle nous rendroit durs, farouches, impitoyables. Il vaut mieux devant Dieu être méchant qu'incrédule.

Il eſt difficile de ſavoir avec certitude quelles ſont les vérités que la Sorbonne veut nous enſeigner, en comprenant dans la Cenſure la ſeconde moitié de la XIV. propoſition : car ce que dit Béliſaire pourroit être condamnable, ou parce que la Religion n'eſt pas conforme aux ſentimens d'un cœur honnête comme celui de Béliſaire, *ou parce qu'*il n'eſt pas heureux qu'elle y ſoit conforme; *ou parce qu'*aimer Dieu & ſes ſemblables n'eſt pas ſimple & naturel, *que* vouloir du bien à qui nous fait du mal n'eſt pas grand & ſublime, *que* ne voir dans les afflictions que les épreuves de la vertu n'eſt pas conſolant; *ou parce que* tout cela, quoique ſimple & naturel, grand & ſublime & conſolant pour l'homme, ne forme pas le caractère de la Religion. *J'avoue humblement que je n'oſe pas décider quelle eſt préciſément de ces Pro-*

XV. Dieu m'a créé foible, il sera indulgent; il sait bien que je n'ai ni la folie ni la malice de vouloir l'offenser; c'est une rage impuissante & absurde que je ne conçois même pas.

XVI. Et qui de nous est juste, dit l'Empereur? celui qui fait de son mieux pour l'être, dit Bélisaire; car la droiture est dans la volonté.

De Indifferentiâ Principum circà Religionem.

positions celle que l'on doit croire.

XV. Quoique Dieu m'ait créé foible, il ne sera point indulgent; il croit que les hommes peuvent avoir la folie & la malice de vouloir l'offenser: une pareille volonté n'est point une rage impuissante & absurde, & on la conçoit très bien.

XVI. Qui de nous est juste? ce n'est pas celui qui fait de son mieux pour l'être, car la droiture n'est pas dans la volonté.

De l'Indifférence des Princes pour la Religion.

OBSERVATION. J'ai d'abord pensé qu'il auroit été plus convenable de ne donner d'autre titre aux Propositions qui suivent, que celui-ci : de tolerantià civili, de la tolérence civile. *Il faut avouer que ce titre auroit été plus simple : mais celui que les Docteurs ont choisi, à l'avantage de renfermer une bien grande instruction. Il nous apprend qu'aux yeux de la Faculté*, un Prince tolérant, c'est-à-dire, un Prince qui ne fait point usage de sa puissance pour contraindre ses Sujets à suivre sa Religion & à faire céder leur conscience à la sienne, qui ne punit point par l'exil, par les supplices & la mort même ceux qui pensent autrement que lui,

XVII. Dieu n'a pas besoin de vous pour soutenir sa cause, dit Bélisaire. Est-ce en vertu de vos Edits que le Soleil se leve & que les Etoiles brillent au Ciel ?

XVIII. Si la Providence a rendu indépendant de ces vérités sublimes, l'ordre de la Société, l'état des Hommes, le destin des Empires, les bons & les mauvais succès des choses d'ici bas ; pourquoi les Souverains ne font-ils pas comme elle. . . . Je vois, dit l'Empereur, que vous ne leur laissez que le soin de ce qui intéresse les Hommes.

XIX. Dieu remet aux Princes le soin de juger les actions des Hommes ; mais il se réserve à lui seul le droit de juger les pensées.

XX. Plût au Ciel que Justinien eut renoncé comme eux (*L'Empereur Constance & Théodoric, Roi des Goths*) au droit d'asservir la pensée !

XXI. Si la liberté de penser est sans frein,

eſt préciſement la même choſe qu'un Prince indifférent pour ſa Religion ; *d'où il réſulte que la Sorbonne eſt fermement convaincue que* l'intolérance civile eſt de l'eſſence de la Religion ; que l'uſage d'exiler , d'empoiſonner , de brûler les Hérétiques eſt un uſage pieux , très conforme à l'eſprit du Chriſtianiſme , très bon à conſerver ou à rétablir. *Or il eſt fort utile qu'on ſache que la Sorbonne penſe ainſi.*

XVII. Dieu a beſoin des Princes pour ſoutenir ſa cauſe. N'eſt-ce pas en vertu de leurs Edits que le Soleil ſe leve & que les Etoiles brillent au Ciel ?

XVIII. Si la Providence a rendu indépendant des vérités ſublimes de la révélation , l'ordre de la Société , l'état des Hommes , le deſtin des Empires , les bons & les mauvais ſuccès des choſes d'ici bas ; ce n'eſt pas une raiſon pour que les Souverains faſſent comme elle , & pour qu'ils ſe bornent au ſoin de ce qui intéreſſe les Hommes.

XIX. Dieu n'a pas ſeulement remis aux Princes le ſoin de juger les actions des Hommes , il leur a remis auſſi le droit de juger les penſées.

XX. Il eut été facheux que Juſtinien eut renoncé au droit d'aſſervir la penſée.

XXI. Si la liberté de penſer eſt ſans frein ;

dit l'Empereur, la liberté d'agir sera bientôt de même.

Point du tout, reprit Bélisaire ; c'est-là que l'Homme rentre sous l'Empire des Loix.

XXII. Les esprits ne sont jamais plus unis que lorsque chacun est libre de penser comme bon lui semble. Savez-vous ce qui fait que l'opinion est jalouse, tyrannique & intolérante? c'est l'importance que les Souverains ont le malheur d'y attacher ; c'est la faveur qu'ils accordent à une Secte, au préjudice & à l'exclusion de toutes les Sectes rivales.

XXIII. Le plus frivole objet devient grave, dès qu'il influe sérieusement sur l'état des Citoyens : & croyez que cette influence est ce qui anime les partis. Qu'on attache le même intérêt à une dispute élevée sur le nombre des grains de sable de la mer ,

celle d'agir ſera bien-tôt de même; car les Loix n'ont pas plus d'empire ſur les actions que ſur les penſées.

XXII. Lorſque chacun eſt libre de penſer comme bon lui ſemble, les eſprits n'en ſont pas mieux unis : l'opinion ſeroit jalouſe, tyrannique & intollérante, quand même les Princes n'y attacheroient aucune importance : les Sectes rivales ſe déchireroient, quand il n'y en auroit aucune de favoriſée au préjudice & à l'excluſion des autres.

Voici un exemple de ces Propoſitions qui pouvant être enviſagées ſous pluſieurs faces, laiſſent quelque doute ſur la vérité que les Docteurs ont en vue d'établir par leur condamnation ; peut-être ont-ils voulu nous enſeigner que l'opinion n'eſt jamais jalouſe, tyrannique & intolérante; *que* les Princes ne peuvent jamais y attacher trop d'importance ni trop favoriſer une Secte au préjudice & à l'excluſion de toutes les Sectes rivales; *que* c'eſt le vrai moyen d'unir tous les eſprits & de tout pacifier : *Il n'eſt pas impoſſible que ce ſoit là leur véritable ſens.*

XXIII. Un objet frivole ne devient pas plus grave, quoiqu'il influe ſérieuſement ſur l'état des Citoyens: les partis n'en ſeroient pas moins animés quand cette influence ſeroit nulle : quand même une diſpute élevée ſur le nombre des grains de ſable de la

on verra naître les mêmes haines.

XXIV. Qu'il n'y ait plus rien à gagner sur la Terre à se débattre pour le Ciel ; que le zele de la vérité ne soit plus un moyen de perdre son rival ou son ennemi, de s'élever sur leurs débris, de s'enrichir de leurs dépouilles, d'obtenir une préférence à laquelle ils pouvoient prétendre ; tous les esprits se calmeront, toutes les Sectes seront tranquilles.

mer influeroit sérieusement sur l'état des Citoyens (*les exposeroit à la perte de leur honneur, de leur liberté, de leurs biens, de leur vie* (elle n'exciteroit aucune haine.

Ne pourroit-on pas croire aussi, que les Docteurs ont voulu nous apprendre que les disputes des Théologiens ne sont jamais frivoles ? *En effet cette vérité est notoire pour tous ceux qui ont lu avec attention l'Histoire Ecclésiastique.*

Il faut au reste bien se garder de penser qu'ils aient prétendu condamner, dans cette Proposition, la supposition qu'ils voudroient y faire soupçonner, que la Religion est un objet frivole; car l'Auteur ne disant rien qui approche de cette supposition, ce seroit une insinuation calomnieuse & attroce: or les Docteurs sont incapables de calomnier.

XXIV. *Me voici encore dans l'embarras: je n'ose prononcer si la condamnation tombe ici sur la Proposition conditionnelle qu'énonce l'Auteur, ou sur les suppositions tacites que les Docteurs y ont vues. Pour ne laisser aucun subterfuge à l'erreur, j'ajoute à la contradictoire directe, les contradictoires des deux suppositions que sous-entend l'Auteur. Les trois Propositions qu'on peut opposer à la Proposition condamnée sont, ou celle-ci :* Quand il n'y auroit rien à gagner sur la Terre à se débattre pour le Ciel: quand le zele de la vérité ne seroit jamais un moyen

XXV. Le Ciel m'en préserve (*de rendre le zele d'un Prince inutile à la Religion,*) dit Bélisaire ! Je suis sûr de lui laisser le plus infaillible moyen de la rendre chere à ses Peuples : c'est de faire juger de la sainteté de sa croyance par la sainteté de ses mœurs ; c'est de donner son regne pour

de perdre ſon rival ou ſon ennemi, de s'élever ſur leurs débris, de s'enrichir de leurs dépouilles, d'obtenir une préférence à laquelle ils pouvoient prétendre ; les eſprits ne s'en calmeroient pas d'avantage, & les Sectes n'en ſeroient pas plus tranquilles. *Ou celle-ci :* Il n'y a jamais eu rien à gagner ſur la Terre à ſe débattre pour le Ciel ; le zele de la vérité n'a jamais été un moyen de perdre ſon rival ou ſon ennemi, de s'élever ſur leurs débris, de s'enrichir de leurs dépouilles, d'obtenir une préférence à laquelle il pouvoient prétendre. *Ou enfin celle-ci :* Quoiqu'il y ait eu quelque fois d'aſſez bonnes choſes à gagner ſur la Terre à ſe débattre pour le Ciel, jamais ceux qui ſe ſont débattus pour le Ciel n'ont cherché à rien gagner ſur la Terre ; & quoique le zele de la vérité ait pu être quelque fois un moyen de perdre ſon rival ou ſon ennemi, *&c. &c. &c.* Jamais les zelés n'ont uſé de ce moyen.

Il eſt certain que la condamnation de la Propoſition dont il s'agit, nous oblige à croire au moins une de ces trois choſes.

XXV. Le plus infaillible moyen qu'ait un Prince de rendre la Religion chere à ſes Peuples, n'eſt pas de faire juger de la ſainteté de ſa croyance par la ſainteté de ſes mœurs ; de donner ſon regne pour exemple & pour gage de la vérité qui l'éclaire & qui le conduit : punir, exiler, empriſonner ceux qui refuſent

exemple & pour gage de la vérité qui l'éclaire & qui le conduit.

XXVI. Et qui appaisera les troubles élevés demanda l'Empereur ? l'ennui, repondit Bélisaire ; l'ennui de disputer sur ce qu'on n'entend pas, sans être écouté de personne. C'est l'attention qu'on a donnée aux nouveautés, qui a produit tant de novateurs. Qu'on n'y mette aucune importance, bientôt la mode en passera.

XXVII. Elle (*la vérité*) triomphera, dit Bélisaire ; mais vos armes ne sont pas les siennes. Ne voyez-vous pas qu'en donnant à la vérité le droit du glaive, vous le donnez à l'erreur ? Que pour l'exercer il suffira d'avoir l'autorité en main ? & que la persécution changera d'étendards & de victimes au gré

de la croire, feroit un moyen tout autrement infaillible de la rendre chere à ses Peuples.

XXVI. L'ennui de disputer sur ce qu'on n'entend pas, sans être écouté de personne, n'appaise point les troubles : quand on ne donneroit aucune attention aux nouveautés, il n'y auroit pas moins de Novateurs, & la mode n'en passeroit point.

Cette Proposition est encore une de celles qui renferment une supposition tacite ; car Belisaire suppose évidemment que les disputes dont il parle sont ennuyeuses & inintelligibles. Il faudroit être bien injuste pour trouver mauvais que les Docteurs condamnassent une supposition si scandaleuse : Aussi suis-je très convaincu que c'est-là ce qui, dans cette Proposition, a le plus enflammé leur zele, & que la vérité qu'ils ont voulu nous enseigner est celle-ci : Jamais les disputes théologiques ne sont ennuyeuses; on s'y entend toujours parfaitement ; tout le monde les écoute & s'en occupe avec un plaisir toujours nouveau.

XXVII. Les armes temporelles sont les armes de la vérité : le droit du glaive lui appartient exclusivement ; & l'erreur, lors même qu'elle aura l'autorité en main, ne pourra l'exercer, parce qu'elle sera l'erreur. Il ne s'ensuit donc pas que la persécution changera d'étendards & de victimes au gré de l'opide l'opinion du plus fort ? Ainſi Anaſtaſe a perſécuté ceux que Juſtinien protége ; & les enfans de ceux qu'on égorgeoit alors, égorgent à leur tour la poſtérité de leurs perſécuteurs.

XXVIII. Dans les eſpaces immenſes de l'erreur, la vérité n'eſt qu'un point. Qui l'a ſaiſi ce point unique ? Chacun prétend que c'eſt lui ; mais ſur quelle preuve ? & l'évidence même le met-elle en droit d'exiger, d'exiger le fer à la main, qu'un autre en ſoit perſuadé ?

XXIX. La perſuaſion vient du Ciel ou des Hommes. ſi elle vient du Ciel, elle a par elle même un aſcendant victorieux ; ſi elle

nion du plus fort : il eſt bien vrai qu'Anaſtaſe a perſécuté ceux que Juſtinien a protégés, & que les enfans de ceux qu'on égorgeoit alors, ont égorgés à leur tour la poſtérité de leurs perſécuteurs ; mais il faut remarquer que lorſque les Hérétiques égorgent les Orthodoxes, ils perſécutent la vérité ; au lieu que quand ce ſont les Orthodoxes qui égorgent les Hérétiques, ils ne font que punir l'erreur : ainſi le raiſonnement de Béliſaire n'eſt qu'un ſophiſme fondé ſur une équivoque. Il a très bien obſervé que les différens partis ſe maſſacroient alternativement ; mais il n'a pas vu que ces maſſacres alternatifs méritent ou ne méritent pas le nom de perſécution, ſuivant que ce ſont les Hérétiques ou les Orthodoxes qui maſſacrent.

XXVIII. Le Prince Orthodoxe eſt toujours ſûr d'avoir ſaiſi le point unique de la vérité dans les eſpaces immenſes de l'erreur. Il a raiſon de prétendre qu'il l'a ſaiſi plutôt que tout autre, & que c'eſt lui qui eſt Orthodoxe & non ceux qui penſent autrement que lui. Cette prétention n'a pas beſoin d'autres preuves que celles qui lui ont paru bonnes. Elles ſuffiſent pour le mettre en droit d'exiger, le fer à la main, que tous ſes Sujets en ſoient perſuadés.

XXIX. La perſuaſion qui vient du Ciel n'a point par elle-même un aſcendant victorieux ; elle a beſoin d'être aidée par la force.

vient des Hommes, elle n'a que les droits de la raiſon ſur la raiſon.

XXX. A quoi penſe un mortel de donner pour loi ſa croyance? Mille autres, d'auſſi bonne foi, ont été ſéduits & trompés.

XXXI. Quand il ſeroit infaillible, eſt-ce un devoir pour moi de le ſuppoſer tel? S'il croit parce que Dieu l'éclaire, qu'il lui demande de m'éclairer; mais s'il croit ſur la Foi des Hommes, quel garant pour lui & pour moi!

XXXII. Le ſeul point ſur lequel tous les partis s'accordent, c'eſt qu'aucun d'eux ne comprend rien à ce qu'ils oſent décider; & vous voulez me faire un crime de douter de ce qu'ils décident.

XXXIII. Laiſſez deſcendre la Foi du Ciel, elle fera des Proſélytes; mais avec des Edits, on ne fera jamais que des rebelles & des fripons.

XXXIV. La vérité luit de ſa propre lumiere, & on n'éclaire pas les eſprits avec la flamme des Buchers.

XXXV. Si la violence & la cruauté lui

La persuasion qui vient des Hommes a d'autres droits que ceux de la raison sur la raison ; car lorsque c'est le plus fort qui a raison, elle a encore le droit du plus fort.

XXX. Il est raisonnable qu'un mortel donne pour loi sa croyance ; car les gens de bonne foi n'ont jamais été séduits ni trompés.

XXXI. Quoique les Princes ne soient pas infaillibles & que ce ne soit pas un devoir pour leurs Sujets de les supposer tels, les Princes ne doivent pas se contenter de demander à Dieu d'éclairer ceux qui pensent autrement qu'eux : soit qu'ils croient parce que Dieu les éclaire ; soit qu'ils croient sur la Foi des Hommes, il suffit qu'ils soient persuadés & qu'ils aient l'autorité en main, pour qu'ils puissent forcer les autres à se conformer à leur façon de penser.

XXXII. Quoique les partis conviennent également qu'ils ne comprennent rien à ce qu'ils décident, ils n'en sont pas moins en droit de faire un crime de douter de ce qu'ils décident.

XXXIII. Laissez descendre la Foi du Ciel, elle ne fera que des rebelles ou des fripons ; mais avec des Edits, on fera des Prosélytes.

XXXIV. La vérité ne luit point de sa propre lumiere, & on peut éclairer les esprits avec la flamme des buchers.

XXXV. Si la violence & la cruauté met-

mettent (*à la Religion*) la flamme & le fer à la main ; si les Princes qui la professent, faisant de ce monde un enfer , tourmentent, au nom d'un Dieu de paix, ceux qu'ils devroient aimer & plaindre , on croira de deux choses l'une ; ou que leur Religion est barbare comme eux , ou qu'ils ne sont pas dignes d'elle.

XXXVI. Comment voulez-vous accoutumer les Hommes à voir un Homme s'ériger en Dieu, & commander, les armes à la main, de croire ce qu'il croit, de penser comme il pense.

XXXVII. Tout est perdu en Afrique, me dit-il, (*Salomon Général de Justinien*) les Vandales sont révoltés ... & cela pour quelques rêveurs qui ne s'entendent pas eux-mêmes , & qui jamais ne seront d'accord si l'Empereur s'en mêle, s'il donne des Edits pour des subtilités qu'il n'entend pas lui-même .... pour moi j'y renonce (*à être mis à la tête des armées.*) ... ainsi me parla ce brave Homme. Entre nous il avoit raison.

Prœter has-ce Propositiones , aliœ plures annotatœ sunt reprehensione dignœ, quas tamen in indiculo collocandas Deputati non judicarunt , rati satius esse earum duntaxat fieri mentionem in clausulâ Censurœ.

tent à la Religion la flamme & le fer à la main ; si les Princes qui la professent, faisant de ce monde un Enfer, tourmentent, au nom d'un Dieu de paix, ceux qu'ils devroient aimer & plaindre ; ils pourront être très dignes de leur Religion, qui n'en sera pas moins douce, ni eux non plus.

XXXVI. Pourquoi les Hommes s'étonneroient-ils de voir un Homme s'ériger en Dieu, & commander, les armes à la main, de croire ce qu'il croit & de penser comme il pense ? Ils doivent y être accoutumés depuis long-tems ; d'ailleurs la Sorbonne trouve cela tout simple.

XXXVII. L'Empereur avoit raison, quand les Vandales étoient révoltés en Afrique, de se mêler des disputes des Théologiens & de donner des Edits pour des subtilités auxquelles il ne comprenoit rien ; & Salomon son Général avoit grand tort de renoncer à faire la guerre pour forcer les Vandales à quitter leur croyance.

OBSERVATION. *Les Commissaires députés annoncent qu'outre ces XXXVII Propositions, ils en ont Noté beaucoup d'autres dignes de répréhension ; mais qu'ils n'ont pas jugé à propos de les placer dans leur* Indiculus. *C'est bien dommage ! cependant on espére que le public n'y perdra rien, car ils promettent d'en faire mention dans la Conclusion de la Censure*

*Des gens de goût du Collége Mazarin ont été blessés de trouver la latinité des Titres & des Notes de l'*Indiculus *si plates & si barbares : cette Critique est peu réfléchie, & ne seroit bonne que si l'*Indiculus *étoit l'ouvrage d'un Réthoricien ; mais il n'est pas question ici de style & d'élégance : l'objet d'une Censure Théologique est trop grave pour qu'on s'y occupe des mots.*

D'autres personnes ne goûtent point ce nombre de XXXVII Propositions. Elles disent que ce compte n'est point un compte rond, qu'il n'a rien de piquant ; elles voudroient que les Docteurs se fussent arrêtés à cinq Propositions, *ou bien qu'ils eussent été jusqu'à* cent une, *ou mieux encore, jusqu'à* mille & une, *qui sont des nombres consacrés pour ces sortes de choses. Cette Critique est ingénieuse, mais un peu trop févere.*

QUOD FELIX FAUSTUM JUCUNDUMQUE

SIT

SACRÆ FACULTATI

ALMÆ MATRI MEÆ.

ERRATA.

Vis-à-vis de la XXXIII Impiété, lisez ainsi la XXXIII Vérité.

XXXIII. Laissez descendre la Foi du Ciel, elle ne fera que des rebelles & des fripons ; mais avec des Edits, on fera des Prosélytes. *Seroit-ce bien-là ce que les Docteurs ont voulu nous enseigner ? je ne le crois ; car enfin des Chrétiens aussi convaincus, aussi fermes dans leur croyance que le sont tous les Docteurs de la Sorbonne, peuvent-ils dire que la Foi descendue du Ciel ne feroit point de Prosélytes sans le secours des Edits? Quoi! parmi tant d'Hommes si différens par leur caractere, par leur façon de penser, par le degré de leur intelligence, elle ne persuaderoit personne! Ce seroit dire équivalemment qu'en proposant aux Hommes de tous les Pays nos saints Dogmes à croire avec toutes les preuves, tous sans exception, grands & petits, savans & ignorans, gens d'esprit & imbécilles, honnêtes gens & fripons, Hommes, Femmes, jeunes, vieux & jusqu'aux enfans s'en moqueroient unanimement si on les laissoit faire. Non, il n'est pas possible que ce soit là le sens de nos sages Maîtres.*

*Il faut absolument que la Censure ne tombe que sur la seconde moitié de la Phrase de Bélisaire, & il faut dire que la premiere n'a été comprise dans l'*Indiculus*, que parce qu'elle s'est trouvée en mauvaise compagnie; mais quel objet se proposent les Docteurs en condamnant cette seconde moitié? ils ne prétendent certainement pas nous apprendre que* les Edits des Princes sur le fait de la Religion ne feroient point de Rebelles: *car il faudroit pour cela, ou que tout le monde changeât de Religion quand le Prince l'ordonne, ce qui est trop notoirement faux par toutes les Histoires pour qu'on puisse imputer cette idée aux Docteurs; ou il faudroit que ceux qui désobéissent à l'Edit ne fussent pas des rebelles; ce qui seroit vrai, si les Princes n'avoient aucun droit sur la conscience de leurs Sujets, & si les Loix qu'ils donnent sur la croyance partoient d'une autorité incompétente: car alors on pourroit & on devroit même leur résister, sans mériter la qualification de rebelles. Mais il n'y a que des gens infectés des erreurs de la Tolérance qui puissent raisonner ainsi. Les Docteurs qui établissent si bien que les Princes ont le droit du glaive, qu'ils sont compétens pour rendre des Edits sur la Religion, sont bien loin de disconvenir que ceux qui désobéissent à ces Edits, ne soient des rebelles & ne doivent-être punis comme tels. Concluons donc que les*

les Docteurs, en condamnant cette Proposition de Bélisaire, ont uniquement voulu faire entendre, que ceux qui changent de Religion pour se conformer aux volontés des Princes, ne sont pas des fripons. *Cela est un peu contraire aux notions communes; mais c'est sans doute une vérité* mystérieuse, *de celles qui tiennent si fort à la morale, & dont tant de saints Personnages font pieusement leur profit.*

LETTRE
DE M. DE VOLTAIRE
A M. MARMONTEL.

CINQUIÉME CAHIER.

7 Auguste 1767.

MON CHER CONFRERE,

VOUS ſavez ſans doute que ce malheureux C** a fait une ſeconde édition de ſon Libelle contre vous, & qu'il y a mis nouvelle doſe de poiſon. Ne croyez pas que ce ſoit la rage du Fanatiſme qui arme ce coquin là, ce n'eſt que la rage de nuire, & la folle eſpérance de ſe faire une réputation en attaquant ceux qui en ont. La démence de ce malheureux a été portée au point qu'il a oſé compromettre le nom du Roi dans une de ſes Notes, page 96. Il dit dans cette Note, *que vous répandez* *le Déisme ; que vous habillez Bélisaire des haillons des Déistes ; que les jeunes empoisonneurs & blasphémateurs de Picardie, condamnés au feu l'annee derniere, ont avoué que c'étaient de pareilles lectures qui les avaient portés aux horreurs dont ils étaient coupables ; que le jour que MM. le Président Hainaut, Caperonier & Le Beau eurent l'honneur de présenter au Roi les deux derniers Volumes de l'Académie des Belles-Lettres, S. M. témoigna la plus grande indignation contre M. de V., &c.*

Vous saurez, mon cher Confrere, que j'ai les Lettres de M. le Président Hainaut & de M. Caperonier, qui donnent un démenti formel à ce maraut. Il a osé prostituer le nom du Roi pour calomnier les Membres d'une Académie qui est sous la protection immédiate de S. M.

De quelque crédit que le Fanatisme se vante aujourd'hui, je doute qu'il puisse se soutenir contre la vérité qui l'écrase, & contre l'opprobre dont il se couvre lui-même.

Vous savez que C**, Secrétaire de Riballier, vous prodigue dans sa nouvelle édition le titre de *Séditieux* ; mais vous devez savoir aussi que votre *séditieux Bélisaire* vient d'être traduit en Russie, sous les yeux de l'Impératrice de Russie. C'est elle-même qui me fait l'honneur de me le mander. Il est traduit aussi en Anglais & en Suédois. Cela est triste pour Maître Riballier.

On s'est trop réjoui de la destruction des Jésuites. Je savois bien que les Jansénistes prendraient la place vacante. On nous a délivrés des Renards, & on nous a livrés aux Loups. Si j'étais à Paris, mon avis serait que l'Académie demandât justice au Roi; elle mettrait à ses pieds d'un côté les éloges donnés à votre *Bélisaire* par l'Europe entiere, & de l'autre les impostures de deux Cuistres de College. Je voudrais qu'un Corps soutînt ses Membres, quand ses Membres lui font honneur.

Je n'ai que le tems de vous dire combien je vous estime & je vous aime.

NOTE DE L'ÉDITEUR.

On écrit de Vienne que Leurs Majestés Impériales ayant lu *Bélisaire*, & l'ayant honoré de leur approbation; ce Livre s'imprime actuellement dans cette Capitale, quoiqu'on y sache très-bien ce qui se passe à Paris.

EXPOSÉ
DES MOTIFS
Qui m'empêchent de souscrire à l'intolérance civile.

J'AI dit que tout ce qui intéresse l'ordre public est du ressort du Prince. C'est reconnoître en lui le droit de réprimer & de forcer au silence toute opinion qui attaque les Loix, les Mœurs, la Constitution politique. Mais il s'agit ici d'une Doctrine purement Théologique, & de savoir si le Prince, qui n'en est pas le juge, en doit être le défenseur.

1°. L'Intolérance civile n'est point un dogme de la Foi. Le passage de Saint Paul (1), qu'on m'oppose, ne peut regarder la croyance, ni les objets spirituels. Saint Paul n'a pu dire aux Chrétiens d'etre soumis, dans leur croyance, à des Princes qui n'é-

(1) Aux Romains, Ch. 13. ℣. 1. *Omnis anima potestatibus sublimioribus subdita sit.*

taient pas Chrétiens. Il n'a pu leur dire qu'*en faiſant le bien* ſpirituel, (c'eſt à dire, en profeſſant une Religion deſtructive de celle du Prince) *ils ſeroient louables aux yeux du Prince* (2). Cela ne peut donc s'entendre que du bien temporel; & il en eſt de même du mal dont parle l'Apôtre dans ce Chapitre : *Ne ſoyez point adultere, homicide, voleur, faux témoin*, (3) &c. Tout cela tient au temporel, & intéreſſe l'ordre public. Voilà les maux qui, ſelon Saint Paul, ſont du reſſort du Prince, & dont *il eſt le vengeur* (4). Vouloir appliquer ce paſſage à l'Intolérance, c'eſt donc en détourner le ſens.

2°. Pluſieurs des Peres de l'Egliſe ſe ſont déclarés contre l'Intolérance civile. Saint Auguſtin avoit changé d'avis depuis ſa diſpute avec les Donatiſtes; mais auparavant il prêchoit l'indulgence envers les Manichéens, & ne vouloit pas qu'on ſévit contre eux (5). Saint Hilaire, Saint Athanaſe,

---

(2) *Bonum fac & habebis laudem ab illâ (poteſtate.)* ℣. 3.

(3) *Non adulterabis, non occides, non furaberis, non falſum teſtimonium dices.* ℣. 9.

(4) *Vindex in iram ei qui malum agit.* ℣. 4.

(5) *Illi ſæviant in vos qui neſciunt quo labore verum inveniatur, & quàm difficilè caveantur errores;*

Saint Juſtin Martyr, Tertulien, Lactance, ont penſé de même. Saint Martin de Tours refuſa de communier avec les Evêques qui excitoient la perſécution contre les Hérétiques d'Eſpagne, & pour cette ſeule raiſon.

3°. L'Intolérance civile eſt contraire à l'eſprit du Chriſtianiſme, qui ne reſpire que la douceur, la patience, la charité. Si, d'un côté la Religion ne donne à ſes Miniſtres que des armes ſpirituelles ; & que, de l'autre ; elle exige des Princes d'employer pour elle la rigueur des Loix pénales ; elle ſe dément, elle avoue que ſi elle avait la force en main, elle en uſeroit elle-même. En vain ſe glorifieroit-elle d'interdire à ſes Miniſtres ſpirituels les moyens qu'elle preſcriroit aux Puiſſances temporelles ; ce ſeroit dire : Je ne veux pas verſer le ſang, mais je veux bien qu'on le verſe. Pour être d'accord avec elle-même, elle ne doit exiger des Princes que ce qu'elle feroit à leur place, ſi elle étoit armée de la force. Je demande, *que feroit-elle?* La réponſe décidera de ſon véritable eſprit.

4°. L'Intolérance civile eſt contraire aux

---

illi in vos ſæviant qui neſciunt quantâ difficultate ſanetur oculus interioris hominis, ut poſſit intueri ſolem ſuum . . . . . . Ego autem ſævire in vos omninò non poſſum.

intérêts de la véritable Religion. Dans un Etat où la Puissance temporelle se trouve du parti de la vérité, on peut être séduit par cet avantage du lieu, du tems, des circonstances. Mais on n'a qu'à se déplacer; à deux pas tout change de face; & l'avantage est pour l'erreur. Or, en écrivant, il faut se dire que l'on écrit pour tous les tems, pour tous les lieux pour tous les hommes, & qu'on travaille, autant qu'il est en soi, à établir dans les esprits une opinion générale & constante. Cela posé, qu'elle est l'opinion qu'on peut espérer d'établir sur la Tolérance ou l'Intolérance? Dire qu'il n'appartient qu'aux Princes Catholiques d'être intolérans dans leurs Etats, parce qu'ils ont seuls pour garant une autorité infaillible, c'est vouloir n'être écouté que des Princes Catholiques. Un Prince, bien persuadé par l'éducation, l'exemple, l'habitude, le témoignage & l'enseignement, suppose un poids déterminant aux motifs qui le persuadent. S'il ne croit pas infaillible l'autorité à laquelle il défere, à plus forte raison ne croira-t-il pas infaillible l'autorité qui la dément. Un Monarque Indien, Musulman, Chinois, peut être attaché à sa croyance autant qu'un Prince Chrétien, & un Hérétique autant qu'un Catholique. Celui-ci aura, si l'on veut, pesé les motifs de crédibilité; un autre croira sans examen;

mais il ſera perſuadé. Or, ce n'eſt pas la vérité, c'eſt la perſuaſion qui décide du droit que chacun croit avoir. Attribuer aux Princes Catholiques le droit de la force coactive en fait de croyance, c'eſt donc induire tous les autres à ſe l'attribuer de même; c'eſt mettre par-tout indiſtinctement le glaive dans les mains de la vérité & de l'erreur, & ouvrir les voies de la violence à l'opinion dominante.

Il s'agit donc d'examiner laquelle de ces deux hypothèſes eſt la plus favorable à la vérité : ou « *que tous les Princes prétendent* » *avoir le droit de réprimer, de pourſuivre,* » *d'exterminer toute Doctrine nouvelle & étran-* » *gere dans leurs Etats;* ou que *laiſſant les* » *opinions s'élever & ſe combattre, ils livrent* » *l'erreur & la vérité à leurs propres forces* ».

Chacun, ſelon ſa façon de voir, peut préférer l'une à l'autre hypothèſe. Pour moi, je penſe qu'il eſt plus glorieux & plus avantageux pour la vérité de demander qu'on laiſſe le champ libre à l'opinion & la croyance.

Un des caracteres les plus ſenſibles de la véritable Religion, eſt de s'être établie, étendue, élevée ſur les ruines de l'erreur, ſans le ſecours de la force. Voilà ſon triomphe. Dès que les Empereurs ont tiré le glaive pour ſa défenſe, il lui ont dérobé une partie de ſa gloire; les Incrédules ont pu méconnoître dès-lors la main de Dieu qui la ſoutenoit, & ne voir dans ſa propagation que la politique des hommes. Pour la rendre odieuſe, ils lui ont reproché tout le ſang qu'elle avoit fait répandre, tous les brigandages, toutes les cruautés, tous les excès commis en ſon nom; & lorſqu'on leur a répondu comme Saint Auguſtin (1), *ou ce qu'on a fait, on l'a fait juſtement; ou c'eſt la paille, dont nous ſommes le froment pur, qui a fait ce qu'il y a d'injuſte;* ils ont repliqué, que *cette paille* s'allumoit, & qu'elle allumoit des Buchers; qu'en lâchant la bride au faux zéle, on répondoit de ſes emportemens; & que, ſi on ne l'approuvoit pas, on n'avoit qu'à le retenir. *Si l'on uſoit de violence pour la défenſe de la Foi*, (dit Saint Hilaire) *les Evêques s'y oppoſeroient.* Mais dans quel tems les a-t-on vus aller arrêter le glaive dans les mains des perſécuteurs? On convient que quelques Docteurs, quelques Prélats, & le Clergé de France même dans ſes Aſſemblées, ont *déſapprouvé les voies de rigueurs*, & déclaré *qu'ils ne prétendoient point guerir les maladies de l'ame par la crainte & la violence;* mais on n'a pas oublié qu'à Rome on célébra la Saint Barthélemi; on n'a pas ou-

---

(1) *Aut juſto factum, aut palea noſtra fecit.*

blié qu'à Paris, la Sorbonne, du tems d'Erasme, regardoit comme une héréſie de croire qu'il ne falloit pas brûler les hérétiques. Ainſi la vérité, en prenant les armes de l'erreur, ſe voit confondue avec elle, & perd ſon avantage en donnant à la force le droit de décider leur ſort.

Qu'on ſe rappelle ces combats en champ clos, qui, chez nos Peres, encore barbares, tenoient lieu de jugement. Il eſt évident que tout le riſque étoit du côté de la bonne cauſe. Il en eſt de même de l'Intolérance. C'eſt à l'erreur à s'en applaudir, car elle a beſoin de la force; au lieu que la vérité n'a beſoin que d'elle-même, & du tems.

La Religion, ſeule & ſans appui, a réſiſté dès ſa naiſſance, & dans ſon état de foibleſſe, aux plus violentes perſécutions; elle a vaincu les plus grands obſtacles; &, par ſes forces ſurnaturelles, elle s'eſt élevée & répandue dans preſque tout l'Univers. Si donc, pendant plus de 300 ans, elle s'eſt paſſée du ſecours de la puiſſance des Princes, n'eſt-ce pas vouloir paroître ſe défier de ſes avantages, que de demander pour elle, aujourd'hui qu'elle eſt établie & régnante, les ſecours qu'elle a dédaignés dans ſes tems les plus malheureux?

Enfin l'Intolérance civile eſt un fléau pour l'humanité: 1°. En ce que l'erreur s'attribue le droit d'être intolérante auſſi bien que la vérité; c'eſt à qui le ſera le plus; & de tous côtés l'on s'égorge. 2°. En ce que la vérité même n'eſt jamais ſure de la prudence, de l'équité, de la douceur de ſes Miniſtres; que le Fanatiſme s'en mêle, que le zèle irrité devient furieux & impitoyable, & que la Religion de l'Agneau ſe trouve avoir des tigres pour vengeurs.

Toute autorité légitime procède d'après des Loix, dont l'objet eſt déterminé, dont les regles ſont fixes, dont la marche eſt certaine. L'objet de l'Intolérance eſt vague; & les rigueurs qu'elle doit exercer ſont à la diſcrétion des hommes. C'eſt une Juriſprudence criminelle ſans code, ſans forme de procédure, dont les délits & les peines n'ont aucun rapport décidé, & dont le plus ſouvent les bourreaux ſont les juges.

Le Prince eſt juſte & modéré; ſon Miniſtre lui-même eſt ſage; mais les Exécuteurs de ſa volonté ſeront avides & feroces. C'eſt la cauſe de Dieu qu'ils vengent; l'humanité n'eſt plus rien pour eux. De-là tous les forfaits commis au nom de la Religion; de-là les ſcènes de meurtre & d'horreur, dont tant de fois a frémi la Nature. C'eſt ce qui fait trembler tout homme né ſenſible, en jettant les yeux ſur l'hiſtoire des tems. C'eſt ce qui me fait refuſer mon aveu à l'Intolérance civile. En ſouſcrivant, je croirois tremper ma plume dans le ſang. Ma voix n'eſt rien, je le ſais ; mais ma conſcience eſt quelque choſe : elle me défend d'approuver un ſyſtême que je crois injurieux pour la Religion, & funeſte pour l'humanité.

Non eſt Religionis cogere Religionem, quæ ſponté ſuſcipi debet, non vi. (Tertul. ad Scapulam.)

Nihil eſt tam voluntarium quàm Religio, in quâ ſi animus ſacrificantis adverſus eſt, jam ſublata, jam nulla eſt. (Lactant. L. 5. cap. 20)

Defendenda Religio eſt, non occidendo, ſed moriendo ; non ſævitiâ, ſed patientiâ.... Si ſanguine, ſi tormentis, ſi malo Religionem defendere velis, jam non defendetur, ſed polluetur atque violabitur. (Ibid.)

In carne ambulamus ; non ſecundùm carnem militamus : nam arma militiæ noſtræ non carnalia ſunt. (Paul. 2. Corinth.)

Quæ deſurſùm eſt ſapientia, pacifica eſt, modeſta, ſuadibilis, ſeu facilè aliis obſequens, plena miſericordiâ & fructibus bonis. (Idem ad Rom.)

LETTRE

De M. DE VOLTAIRE *à M. le Prince* DE GALLITZIN.

A Ferney, ce 14 Augufte 1767.

MONSIEUR LE PRINCE,

Je vois par les Lettres dont S. M. I. & Votre Excellence m'honorent, combien votre Nation s'éleve, & je crains que la nôtre ne commence à dégénérer à quelques égards. L'Impératrice daigne traduire Elle-même le Chapitre de Bélifaire, que quelques hommes de College calomnient à Paris. Nous ferions couverts d'opprobres, fi tous les honnêtes gens, dont le nombre eft très-grand en France, ne s'élevoient pas hautement contre ces turpitudes pédantefques : il y aura de l'ignorance, de la fottife & de l'envie dans ma Patrie, mais il y aura toujours auffi de la fcience & du bon goût. J'ofe vous dire même qu'en général, nos principaux Militaires, & ce qui compofe le Confeil, les Confeillers d'État, & les Maîtres des Requêtes, font plus éclairés qu'ils ne l'étoient dans le beau ſiecle de Louis XIV. Les grands talens ſont rares, mais la ſcience & la raiſon ſont communes.

Je vois avec plaiſir, qu'il ſe forme dans l'Europe une République immenſe d'Eſprits cultivés. La lumiere ſe communique de tous côtés. Il me vient ſouvent du Nord des choſes qui m'étonnent : il s'eſt fait, depuis environ quinze ans, une révolution dans les eſprits, qui ſera une époque ; les cris des Pédants annoncent ce grand changement comme les croaſſemens des corbeaux annoncent le beau tems.

Je ne connois point le Livre dont vous me faites l'honneur de me parler ; j'ai bien de la peine à croire que l'Auteur, en évitant les fautes où peut être tombé M. de Monteſquieu, ſoit au-deſſus de lui dans les endroits où ce brillant génie a raiſon. Je ferai venir ſon Livre ; &, en attendant, je félicite l'Auteur d'être auprès d'une Souveraine qui favoriſe tous les talents étrangers, & qui en fait naître dans ſes Etats ; mais c'eſt vous ſur-tout, Monſieur, que je félicite de la repréſenter ſi bien à Paris.

J'ai l'honneur d'être, &c.

VOLTAIRE.

BILLET.

De M. de V., adressé à M. D.

PEndant que la Sorbonne, entraînée par un zèle louable, mais très-peu éclairé, & qui fait peu d'honneur à la Nation, veut censurer *Bélisaire*. il est traduit dans presque toutes les langues de l'Europe ; l'Impératrice de Russie mande de Casan, en Asie, qu'on y imprime actuellement la Traduction Russe. M. D. est prié de faire passer ce petit Billet à M. *de Marmontel*, en quelque lieu qu'il puisse être. (*).

(*) N. B. Dans le long voyage que S. M. l'Impératrice de Russie vient de faire dans l'intérieur de ses Etats, elle a daigné s'amuser dans ses loisirs, à traduire Bélisaire en langue Russe. Les Seigneurs de sa suite ont eu chacun leur chapitre. Le IX.e, *sur les vrais Intérêts d'un Souverain*, est tombé en partage à Sa Majesté. Il ne pouvoit être en de meilleurs mains : aussi dit-on qu'il est traduit dans la plus grande perfection. Sa Majesté a pris la peine de rédiger Elle-même tout l'Ouvrage. Elle le fait imprimer actuellement : & comme il a été commencé dans la Ville de Tver, c'est à l'Archevêque de Tver que l'Impératrice l'a dédié.

www.ingramcontent.com/pod-product-compliance
Ingram Content Group UK Ltd.
Pitfield, Milton Keynes, MK11 3LW, UK
UKHW031909260826
14628UKWH00003B/1084

9 782329 448237